G000144999

Claude Arnaud
Élisabeth Barillé
Gérard de Cortanze
Daniel Maximin

Paris Portraits

Gallimard

Cet ouvrage a été réalisé sous la responsabilité
d'Olivier Barrot, codirecteur de la rédaction de *SENSO*.

Claude Arnaud

Les biographies de Claude Arnaud (Chamfort, Cocteau) proposent les plus subtiles interprétations. Il écrit des romans quand il cherche non plus des réponses, mais des questions.

Élisabeth Barillé

Élisabeth Barillé a toujours voyagé. Dans l'univers de la beauté comme dans celui des idées. Ses romans comme ses essais exhalent le bonheur et la vie.

Gérard de Cortanze

Gérard de Cortanze, prix Renaudot 2002, aime tout de la littérature. Romancier, essayiste, journaliste, il a publié une soixantaine de livres et dirige aux Éditions Gallimard la collection Folio Biographies.

Daniel Maximin

Daniel Maximin est né en Guadeloupe et vit à Paris. De son enfance illuminée de tendresse, il retire l'équilibre de toute une vie partagée grâce aux lettres entre la Caraïbe et l'Europe.

CLAUDE ARNAUD

Les Grands Boulevards

Partout le marbre, le bronze et la pierre : des tulipes aux carrefours et de l'or sur les dômes ; jade et onyx, alpaga et soie aux devantures ; les murs n'ont même plus le temps d'être pollués : la Ville Lumière brille comme un sou neuf – aussi vieux que le pont du même nom.

Mais vit-elle encore, sous ce vernis ? Chassé par les hausses sans fin de l'immobilier, le peuple des ateliers et des zincs a laissé des quartiers entiers exsangues, l'invasion des boutiques de fringues achevant de bouter les marchands de couleurs, les serruriers et les plombiers hors les murs : comme si Paris n'était plus faite que de touristes, temporaires ou permanents, indigènes ou étrangers.

Connaissez-vous Cnossos, en Crète ? « Relevées » ou plutôt *inventées* par Arthur Evans, les ruines du palais-labyrinthe du roi Minos sont en fait des pans de murs neufs. Les fresques qu'on y découvre sentent la peinture fraîche, comme si cet ensemble était celui que le père du Minotaure venait de construire, en même temps que la ruine à quoi le temps l'aurait réduit. L'immense *facading* qu'a subi Paris relève d'une opération voisine, quoi que plus difficile à détecter : ce sont bien des maisons érigées sous Louis XVI ou Napoléon III qui se dressent sous nos yeux, mais il n'y a rien que des bureaux et des *lofts* derrière ces façades figées dans leur fausse nouveauté, où des cols-blancs travaillent sans bruit, sous le soleil blême de leur ordinateur.

Épicentre de la première bohème du XXe siècle, Montmartre n'est plus qu'un souvenir depuis 1914 et un décor pour *un Américain à Paris* depuis 1980. Montparnasse s'est *entouristé* dès 1925, pour s'endormir à partir de 1950 et être *cnossosisé*, comme Saint-Germain dans les années quatre-vingt : la Coupole devint une mangeoire pour notaires et le café des Deux-Magots une annexe de la place du Tertre. Les sacs, les jupes et les souliers ont chassé les revues et les livres – c'est

---

« L'immense facading *qu'a subi Paris [...] derrière ces façades figées dans leur fausse nouveauté... »*

partout *la rue de la Pompe* et *le boulevard Maillot* –, à moins que les vedettes du prêt-à-porter n'exhibent, avec un cynisme de camelot, des ouvrages de Philip Roth ou de Christian Bobin pour anoblir leurs jeans pré-usés. Vidés, plumés, pasteurisés, tous ces quartiers tiennent de la volaille surgelée – quand ils n'évoquent pas le visage cent fois lifté des stars sans âge d'Amérique.

Si tout ce qui est vieux est embelli, il incombe à la seule banlieue de faire du neuf ; tout ce qui est neuf, du coup, s'en trouve presque toujours laid. Confiné dans les barres du 93 et du 94, le nouveau peuple erre dans des espaces sans plan ni charme où ceux qui travaillent encore *pour de vrai,* usés par dix heures de travail et de transport quotidien, côtoient ceux qui ne trouvent même plus à se faire exploiter. La ville la plus visitée au monde, logiquement, s'en trouve confortée dans son passéisme, encouragée à parfaire sa destinée de musée vivant, inaugurée avec la pyramide du Grand Louvre. À l'ombre des palais, des obélisques et des arcs de triomphe qui font croire à la planète en pleine globalisation que l'Égypte, la Grèce et Rome survivent ici, la ville de Louis XIV et de Napoléon ne bâtit plus grand-chose depuis vingt ans – sinon des musées.

La terre entière investit en retour cette réserve historique mondiale, quand elle ne s'y installe pas à demeure afin de profiter des temps passés, sans jamais en subir les inconvénients. Ces investisseurs japonais, américains, libanais, russes ou saoudiens peuplent désormais le premier cercle du «paradis» parisien, y achetant à n'importe quel tarif ses appartements et ses *lofts*, quelques années de «vie» au siècle des Lumières ou de l'Empereur n'ayant pas de prix. Le second cercle est peuplé de bourgeois bohèmes, dont les avant-gardes se ruaient déjà sur les entrepôts des matelassiers du faubourg Saint-Antoine, dans les années soixante-dix; le troisième est fait de bourgeois classiques et des restes des classes moyennes; les derniers pauvres survivent dans des poches des 10e, 11e, 18e, 19e et 20e arrondissements.

De ce noyau internationalisé au tutti frutti ethnique des banlieues populaires, l'envie se diffuse. Seuls biens à voyager d'un bord l'autre, vêtements et voitures suscitent en proliférant un système fétichisé de signes et de marques – Lacoste, Vuitton, Vuarnet mais aussi Mercedes, Audi et BMW –, encourageant à leur tour les recycleurs d'argent, propre ou sale, à ouvrir de nouveaux magasins. S'habiller pour se renouveler et s'équiper pour fuir, tandis que

la ville se fige : des milliers de faux jeunes font
vivre ainsi une vraie *vieille* toute tirée.

Cette population que Balzac décrivait « ter-
rible un jour par siècle, inflammable comme la
poudre, et préparée à l'incendie révolutionnaire
par l'eau-de-vie, enfin assez spirituelle pour
prendre feu sur un mot », dans sa préface à *La
Fille aux yeux d'or* (1835), a donc rejoint en
silence la banlieue, les nouvelles provinces ou
les cimetières : déportées sans espoir de retour,
comme le pavillon des Halles de Baltard qui
agonise à Nogent, les classes potentiellement
dangereuses ont perdu et leur capitale et leur
culture. Dans les faubourgs ne résonnent plus
l'accent d'Arletty, ni le son de la musette, ni le
bruit de la poudre : ce sont les enfants des immi-
grations qui se soulèvent désormais, moins en
érigeant des barricades – leurs « rues » sont trop
larges – qu'en brûlant des voitures avec des vêtements de marque.

Il reste pourtant, à rebours des quartiers
congelés par la spéculation ou le tourisme,
quelques secteurs où classes et ethnies se
mélangent, restes de la ville grouillante que le
monde entier chanta – le dernier en 1967 fut
Dutronc, avec *Paris s'éveille*. Les Grands Boulevards, ou plutôt le boulevard tout court, comme
on disait jadis, en serait le haut lieu : sans équivalent sur la rive droite – hormis la portion

encore vivante du boulevard du Montparnasse –, ce serpent long de quatre kilomètres ne cesse de muer : gentiment branché à sa naissance, place de la Bastille, affairé à vendre des appareils photo, des instruments de musique et des motos, le long du Beaumarchais, paisible jusqu'à la République, sauf les jours de marché, africain puis turc à l'entour des portes Saint-Martin et Saint-Denis, branché à nouveau entre la rue d'Hauteville et le faubourg Poissonnière, puis sur le boulevard Montmartre encore, franchement populaire et même banlieusard à l'approche de l'Opéra, avec les méga-cinés et les *prêts-à-manger* du boulevard des Italiens, il se réembourgeoise *in fine* pour se couvrir d'hôtels, d'agences de voyage et magasins de marque, à l'approche de la Madeleine.

Il donne a priori l'image relativement lisse du Paris du XIXe siècle : rien de moderne n'y figure, excepté le bâtiment du Rex, le siège néo-égyptien de la BNP et quelques immeubles sans grâce ; jamais on n'y ressent cette griserie futuriste que provoque, en retrouvant Berlin après vingt ans, le quartier flambant neuf de Mitte. Le boulevard est pourtant très contrasté socialement, plus même qu'il ne l'était sous la Restauration – dans sa section occidentale du moins, laquelle regorgeait de magasins de luxe : « Le grand poème de l'étalage chante ses

strophes de couleur depuis la Madeleine jusqu'à la porte Saint-Denis », écrit Balzac dans
son *Histoire et physiologie des boulevards de Paris*.
En faisant le grand écart entre les petits ateliers
de confection de la rue Popincourt et la forte-
resse des Trois Quartiers, entre les ateliers sur-
chauffés du Sentier et les vitrines luxueuses de
la Madeleine, il réunit même ce que tout
devrait séparer : le polyamide et le cachemire.

Preuve de cette ambiguïté foncière, les défilés
populaires qui l'empruntent ne dépassent en
général pas sa première section, une des plus
sages pourtant, Bastille et République consti-
tuant des valeurs sures dans la symbolique pro-
testataire : passé Strasbourg-Saint-Denis, les
manifestants ne savent plus où aller, ni l'Opéra,
ni la gare Saint-Lazare, à l'ouest, ne présentant
d'enjeux politiques ; ils s'engouffrent alors dans
le boulevard de Strasbourg, lequel a l'avantage
d'être tout tracé, comme le sens supposé de
l'Histoire. Ce serait pourtant un merveilleux
parcours pour le Carnaval, s'il était encore fêté,
ou pour la Gay Pride, si elle daignait se proléta-
riser : tout défilé ne peut que gagner en ampleur,

*« Ce serait pourtant un merveilleux parcours pour le Carnaval,
s'il était encore fêté, ou pour la Gay Pride… »*

dans ces boulevards presque aussi larges que la Seine, dont ils reproduisent le cours sinueux ; l'on verrait volontiers un enterrement passer sous la porte Saint-Denis, pour remonter en grande pompe le boulevard derrière des fanfares : mais on ne meurt plus à Paris, sinon en catimini.

Partout ailleurs le renchérissement de la vie précipite les démarches : il faut toujours aller plus vite pour survivre, et de points toujours plus éloignés, rentabiliser son temps jusqu'à marcher-courir et pousser les corps qui font obstacle. Les terrasses de café sont devenues si chères qu'on hésite à y poser une fesse, un repas pouvant y être facturé le prix d'une paire de chaussures fabriquées en Malaisie. Ne cherchant plus que des relations potentiellement rentables, fuyant la gratuité comme un luxe ruineux, le Parisien, qui avait déjà mauvaise presse en province, s'est taillé pour finir une réputation de butor qu'il prend soin d'exagérer, pour rappeler qu'il est bien ici *chez lui* : des Japonais qui croyaient découvrir une ville peuplée de répliques sucrées d'Amélie Poulain sont chaque semaine rapatriés, sous le choc.

Mais le rythme s'assouplit, entre Strasbourg-Saint-Denis et Richelieu-Drouot – la part la plus fidèle au boulevard d'autrefois. La vie s'y est un peu moins américanisée, et si plus per-

sonne n'a le temps de consacrer deux heures à
déjeuner, ou la fantaisie de marcher au rythme
d'une tortue tenue en laisse, comme les «lions»
et les dandys de 1840, on y trouve encore
des badauds pour faire société sur les bancs, et
des accordéonistes ambulants, gitans ou rou-
mains, pour pique-niquer sur les grilles du
métro Bonne-Nouvelle.

C'est là, entre la terrasse suspendue parmi
les acacias de Merci Charlie et le plancher de
bois du Delaville Café qu'on croise les derniers
flâneurs – «les seuls gens réellement heureux à
Paris», disait Balzac –, de l'étudiant sortant de
la projection de *West Side Story*, au Max Linder, à l'Haïtienne qui s'apprête à danser au
New Morning. Le boulevard y est si large, la
promenade si glissante et le vent si caressant,
l'été, qu'on se croirait sur un bord de mer, un
de ces Malecon où l'humanité latino-amé-
ricaine défile, sans agressivité. L'on rêverait
presque que le climat se détraque encore afin
de pouvoir s'y baigner l'été, et y skier l'hiver.

Cette *passegiata* assume cinq à six fois par an
son côté bariolé ; on trouve tout un tas de vieux
disques, de nippes, de chaises percées sur ses
trottoirs, dans un climat de kermesse et de vide-
grenier. Le boulevard n'ayant aucune «image» à
préserver, aucun commerçant ne s'en plaint:
rien n'est vraiment très beau ici, excepté la mer-

veilleuse porte Saint-Denis, sous laquelle des frigidaires hors d'âge et des sommiers sans ressorts attendent d'être enlevés, quand elle ne sert pas de latrine, solide et liquide, aux sans-abri. Le quartier fait si mal sa publicité que le maire lui-même, si prompt à vanter électoralement sa *petite New York*, préfère habiter la place du Palais-Bourbon. Faute de site spectaculaire, les touristes ne font d'ailleurs qu'y passer : le quartier est à tout le monde – sauf à eux, bizarrement.

Rejetant ce devenir-musée que tant de spéculateurs et de maires promettent à la ville, le boulevard veut vivre, travailler, qui sait s'enrichir, mais aussi déambuler le long de ses terrasses, profiter de ses immenses trottoirs plantés d'arbres – acacias, platanes, catalpas… Le mieux est de le prendre à partir de la République, quand il s'élance jusqu'à boucher l'horizon, afin de découvrir les théâtres de la Renaissance et de la Porte-Saint-Martin, puis cette autre dune que gravissent les rues de Cléry, de Beauregard et de la Lune, percées comme des venelles de *commedia dell'arte* et qui font soupçonner, par-delà leur fond de scène aveugle, une autre ville, plus belle et mystérieuse, telle la Jérusalem des pèlerins : on y éprouve fortement «cette poussée expansionniste du moi » qu'évoque Gracq au sujet de sa découverte précoce de Nantes.

La chance historique de cette immense artère est de ne pas avoir été tracée par Haussmann-le-géomètre. Elle garde ces accidents et ces coudes qui la rendent si vivante à l'œil nu, et laissent à l'occasion deviner les collines et les champs qui occupaient autrefois cet au-delà de la ville. Mais la réalité est peut-être plus prosaïque : le monticule de la rue de la Lune doit plus sûrement au souvenir d'un remblai créé par le percement du boulevard, ou même d'un gigantesque tas d'ordures, à l'image du Monte Testaccio romain, fait de tessons d'amphores antiques.

Ces irrégularités engendrent parfois d'étranges micro-climats : la rue Meslay, qui longe le boulevard Saint-Martin, dort si profondément qu'elle paraît ne s'épanouir que les nuits de pleine lune ; le temps semble même gelé, dans l'îlot provincial lové autour de l'église Notre-Dame-de-Bonne-Nouvelle, depuis le jour où les comploteurs du baron de Batz tentèrent d'arracher Louis XVI à l'échafaud, au débouché de cette porte Saint-Denis qui l'avait vu entrer dans Paris après son sacre, comme tous les rois de France avant lui.

La percée de l'horrible place de la République, en détruisant le boulevard du Crime et

les théâtres que *Les Enfants du paradis* ressusci-
tèrent, a beau avoir coupé la queue de ce serpent si vivace, le boulevard garde une animation
enviable, en direction de l'Opéra, au contraire
des avenues tirées au cordeau par «l'artiste
démolisseur», comme Haussmann s'appelait
lui-même : toutes respirent une forme de mort,
pompeuse ou proprette, bourgeoise (boulevard
Haussmann) ou mesquine (boulevard Voltaire).

C'est sur les Grands Boulevards que Balzac
situait déjà, les jours d'été, la promenade répa-
ratrice du petit-bourgeois qui, à force de tâches,
de placements et d'épargne, finissait par bien
marier sa fille ; aujourd'hui, c'est l'artère où le
trader de la Bourse peut croiser le journaliste de
la rue du Mail, et l'intermittent du spectacle le
père de famille chinois qui se démenait encore,
vingt ans plus tôt, dans les arrière-cours du
Fujian. Les deux jeunes gitanes qui font virevol-
ter à contresens leurs jupons peuvent échouer à
lire l'avenir dans la paume du travesti – est-il
marocain ou antillais ? – qui attend au coin de
la rue de Mazagran son ami, mais elles ne lais-
seront pas en paix le commerçant coiffé de sa
kippa qui tente de s'en sortir en ouvrant sans
cesse son portable : difficile, ici, d'ignorer son
voisin.

Le Sentier chinois, aux alentours du Cirque
d'Hiver, qui redouble le boulevard Beaumar-

chais, le Sentier juif, entre la République, la rue Étienne-Marcel et la rue Montmartre, tout comme le Sentier turc, niché entre les faubourgs Saint-Martin et Saint-Denis, contribuent beaucoup à l'allure populaire du boulevard, en charriant nombre de petites mains et de livreurs. Mais on y trouve aussi de ces hôtels particuliers, dotés de jardins et de terrasses d'où les « grands » pouvaient, sous l'Ancien Régime, suivre la promenade la plus courue de France, avec son flot de carrosses et de gardes à cheval : hôtels de Mansart et de Cagliostro sur le boulevard Beaumarchais, hôtels Cousin de Méricourt et Montholon, sur le boulevard Poissonnière..., ils donnent un lustre discret à cette ancienne ceinture du Paris de Louis XIV.

Toute grande ville, à vrai dire, est faite de quartiers aristocratiques déchus et de quartiers populaires réhabilités – un phénomène interdit précisément à la banlieue : ici ils ont presque fusionné. Entre le faubourg Poissonnière et la rue d'Hauteville, qui commencèrent d'être lotis sous l'Ancien Régime, le choc est topographique : en suivant les entrepôts d'une usine désaffectée, au fond d'une de ces cours dont beaucoup gardent leurs rails – les wagonnets de marchandises ont disparu –, on débouche sur l'arrière-cour d'un hôtel particulier qui appartint à miss O'Murphy, la maîtresse de

Louis XV, dont Boucher immortalisa la croupe jaillissant d'un sofa. Entr'aperçu à travers des grillages, un jardin privé planté de roses tré-mières révèle l'ancienne configuration du quartier, alors une simple campagne où les aris-tocrates de l'avant-1789 érigèrent des folies pour abriter leurs amours : la ville se terminait avec le boulevard, après quoi les rues Saint-Martin, Saint-Denis, Poissonnière, Montmartre et du Temple y changent encore aujourd'hui de statut, pour devenir les faubourgs homonymes. Au-delà duquel s'étendait une zone dangereuse, dont ce quartier de la Nouvelle-France où l'on parquait les récidivistes dans une caserne, avant de les envoyer peupler le Canada.

Mais ces admirables garçonnières, où les grands eux-mêmes changeaient de nom pour s'encanailler, échappent souvent au flâneur : il ne peut imaginer que ces splendeurs côtoyaient des jardins de bonnes sœurs et des tord-boyaux pour ouvriers, implantés là pour échapper aux taxes parisiennes. Il doit profiter de la noncha-lance de l'été pour franchir les portes sévère-ment gardées de l'imposant hôtel Titon, dans le faubourg Poissonnière, ou du merveilleux hôtel Sainte-Paulle, aussi vaste qu'un palais impérial et désormais partagé en logements sociaux – ce n'est pas si fréquent ; l'Histoire aurait-elle tourné autrement qu'il serait meublé en style Louis XXI ou Napoléon V.

Ailleurs, il faut mendier la complaisance d'une gardienne pour découvrir une ancienne fonderie typographique, changée en asile psychiatrique de jour, dans la cour d'un hôtel Directoire que la meilleure amie de Joséphine occupa. Seul faubourg aristocratique à être tombé aux mains du peuple, après la nationalisation des biens du clergé, le Poissonnière n'est pas facilement lisible, mais d'autant plus curieux à investiguer : le monde de Zola dévisage celui de Fragonard, le long d'une artère qu'empruntait la marée, des ports du Pas-de-Calais vers les Halles.

Le boulevard est même plus populaire que jamais, au débouché du faubourg Saint-Denis, qui sert quotidiennement de marché et d'arrière-cour aux riverains et qui, lui, a une vraie tradition révolutionnaire. On n'y rencontre aucun restaurant digne de ce nom, mais des PMU où des Turcs tentent leur chance – les premiers vinrent d'Allemagne ou d'Alsace, via les gares du Nord et de l'Est voisines –, et des bacs remplis de musique black. On s'y croirait presque revenu trente ans en arrière, comme dans certains quartiers de Marseille ; des librairies y résistent à la déferlante vestimentaire, tels Gibert jeune et l'Équipement de la pensée

(Mona Lisait): ingrates a priori, ces grosses boîtes à livres offrent toujours, par la pratique de la revente et de la solde, une seconde puis une troisième vie à des livres ailleurs victimes d'un impitoyable *turnover*. Ce sont les seules où j'aime encore m'attarder : l'on n'y sent ni l'odeur du pilon, ni l'influence criminelle de la télévision.

Où peut-on voir un petit Chinois et un petit Noir marcher, bras dessus bras dessous, au sortir de l'école ? Sur le boulevard Bonne-Nouvelle. Où un groupe de Juifs orthodoxes, en chapeau noir et manteau long, peut-il croiser des commerçants indiens et musulmans, sous le regard d'un couple de bistrotiers se reposant d'un demi-siècle de limonade ? Sur le boulevard Saint-Denis. Et qui remonte la rue homonyme pourra voir des putains nigérianes dont les perruques cascadent jusqu'aux reins, dans les détours médiévaux d'une artère qu'empruntaient une dernière fois les rois de France, en sens inverse cette fois, et les deux pieds devant[1].

Sortir des métros Strasbourg-Saint-Denis et Château-d'eau, c'est se retrouver entre Brazza-

1. Ils étaient portés à bout de bras par une corporation, les hénouarts, qui salaient leur corps afin de pouvoir l'exposer au public, deux jours durant, dans l'église Saint-Laurent.

ville et Kinshasa, parmi des femmes en boubou parlant en lingala. Quelques mètres encore et c'est Little Istanbul, dont les frontières invisibles se matérialisent avec les rangs d'hommes qui boivent et fument debout, le dimanche, à l'angle du faubourg et de la rue des Petites-Écuries – le quartier connaît lui-même sa minorité kurde, laquelle s'efface devant la chinoise, à partir de la rue d'Hauteville, où de jeunes Sri Lankais poussent des portants remplis de vestes, au beau milieu de la circulation. Turbans sikhs, mouchoirs-pirate, à l'afro-antillaise, chèches d'hommes bleus du désert : « Les boulevards [...] sont devenus le rendez-vous de l'univers, le point de ralliement de tous les peuples », écrivait en 1852 Edmond Texier dans son *Tableau de Paris* ; après avoir connu son apogée sous Balzac et sa déchéance à la Belle Époque, l'artère ralliant la Bastille et la Madeleine reste fidèle, en son centre, à cette perspective babélienne.

C'est ici que des petites mains turques assemblent des vêtements sur des machines qu'un peu partout des magasins réparent, en les entassant à l'indienne, tandis que sur le faubourg Saint-Martin perpendiculaire, à l'emplacement du *cardo* tracé par les Romains, des grossistes asiatiques écoulent des stocks de micro-vêtements pour enfants provenant de

l'Empire du Milieu : ces ateliers du monde glo-
balisé que sont la Chine et la Turquie ont ici
des annexes qui assurent à leurs communautés
du travail, deux générations après l'essor des
magasins de fourrure en gros qui permit l'inté-
gration des Juifs ashkénazes, dont les derniers
« Furs » résistent autour du faubourg Poissonnière.

C'est ici qu'on trouve les DVD des films
produits à Bollywood, six mois après leur sortie, les annonces des concerts de Papa Wemba,
le prince zaïrois du Zoukouss, qui fit de la prison pour avoir couvert des filières d'immigration clandestine, et les appels d'un improbable
Messie transcultuel, Ra Riaz Gohar Shahi,
annonçant la fin du monde avec la chute d'un
astéroïde en 2026 – à moins d'un ralliement
des riverains au Dieu de *His Holiness*. Le dernier imprimeur parisien à composer des textes
en yiddish a quitté le faubourg Saint-Denis,
mais la rue d'Hauteville abrite toujours les
locaux du journal arménien de Paris, avec sa
presse à bras et ses caractères antiques.

C'est près de là qu'on vend le plus de cartes
téléphoniques en direction de la Turquie, du Sri
Lanka et du Congo-Brazzaville, et qu'on achète
les épices d'Asie et l'encens du sous–continent
indien, le riz de l'île Maurice et les mangues du
Kenya – des saveurs qui embaument le fau-

bourg Saint-Denis, en remontant vers la Chapelle. On peut ainsi, à l'ombre de ces boulevards si parisiens, vivre en liaison direct avec les cinq continents, manger exclusivement balkanique ou malgache, et même se faire livrer des sushis casher, dans un surcroît de cosmopolitisme.

Après le nez et la bouche, le chef : c'est de part et d'autre du boulevard de Strasbourg qu'il se coupe le plus de cheveux dans la capitale. Black ou métisse, toute fille est assaillie, dès la sortie du métro Strasbourg–Saint-Denis, par des rabatteurs cherchant à l'attirer dans l'un des cent salons qui tressent et défrisent, laquent et bigoudisent aux alentours. Au carrefour Château d'eau, l'été, la clientèle africaine déborde même sur les trottoirs pour tenir société à ciel ouvert, sur un tapis de boucles et de mèches arrachées aux Ophélies crépues. À l'approche du boulevard Saint-Denis, et surtout dans le passage du Prado, le cheveu gagne encore du terrain, en s'islamisant ; il devient réellement souverain dans le passage de l'Industrie, où toutes les devantures présentent des mèches teintes, des tresses synthétiques et des prothèses capillaires. Souvenir d'un temps où les quartiers avaient leur métier, l'école professionnelle de la coiffure de la rue d'Enghien, où Fabrice Luchini fit ses classes avant d'entrer chez Alexandre – tout jeune Figaro de quatorze

« Les Franco-Français ? Ils tiennent encore les cristalleries
et les faïenceries de la rue du Paradis… »

ans qui allait devenir l'interprète de *Beaumarchais* –, côtoie encore les magasins où coiffeurs, visagistes et autres capilliculteurs achètent leurs séchoirs, leurs ciseaux et leurs rasoirs. N'importe qui peut s'y fournir en faux cils et en ongles imités, en toupets à la Mesrine et en barbes Ben Laden, avant d'acquérir chez Ponsard et Dumas la toge de juge qui permettra d'entrer au Palais de Justice pour libérer le détenu en comparution.

C'est que le quartier, pour être paisible, n'est pas rangé. Dans l'ombre des forces agissent; les recruteurs des groupes marxistes-léninistes kurdes rackettent en silence les commerçants, quand ils ne couvrent pas les murs d'affiches à la gloire d'Oçalan ou d'Enver Hodja, les Staline de Dyarbakir et de Tirana; leurs (faux?) frères d'armes turcs se rassemblent parfois, drapeaux rouges au vent, pour tenir au pied de la porte Saint-Denis des meetings ionesciens – jamais de spectateurs; l'une des deux mosquées qu'abrite le faubourg servit de relais au réseau de Shoe Bomber, l'homme qui tenta de faire sauter l'avion Paris-Miami, peu après la chute du World Trade Center. Certes, les dealers sont beaucoup moins visibles au carrefour Strasbourg-Saint-Denis, mais les taxis continuent d'éviter comme la peste d'y charger un client: plus haut, dans un jardin du faubourg, dorment des clandestins kurdes rêvant de gagner l'Angleterre par la gare du Nord.

Les Franco-Français ? Ils tiennent encore les cristalleries et les faïenceries de la rue du Paradis, lesquelles contribuent à donner son côté années cinquante au quartier. Mais leur heure est passée, et le plus prestigieux d'entre eux a fermé pour s'installer place des États-Unis. Les plus jeunes, les plus diplômés aussi, font tourner les petites sociétés d'informatique et de production cinématographique de la rue d'Hauteville – une pépinière de cinéastes, d'écrivains et de journalistes. Les plus âgés tiennent les meilleurs commerces du faubourg, où les bouchers adressent encore leurs vœux de bonne année en loucherbem, ce verlan corporatiste qui servait à ne pas se faire entendre des fêtards des Halles ; les retraités vont jouer au rami et au 51 au club de la Belote, près du faubourg Poissonnière ; si on ne les trouve pas à soupirer dans l'unique cinéma classé X survivant à Paris, près du boulevard Bonne-Nouvelle, c'est qu'ils sont dans les théâtres parsemant le boulevard – Gymnase, Variétés, Renaissance… –, à rire de ces comiques qui me feraient plutôt pleurer.

C'est l'autre grande activité traditionnelle de cette ancienne frontière au-delà de laquelle les établissements, classés théâtres de province, avaient le droit de donner une pièce quarante jours seulement après sa « première » parisienne – un privilège déchu qui continue de faire vivre nombre de brasseries et de cafés, autour des Folies-Bergère et du Théâtre Antoine, comme les costumiers du passage Brady. Certains ont pourtant été transformés en cinémas, à l'approche de l'Opéra, où furent projetées les premières images des frères Lumière : le boulevard Poissonnière possède même les deux plus grands écrans de la capitale – celui du Rex, toujours en VF pour le grand public, et celui du Max Linder, en VO pour les bobos.

Plus loin, vers le faubourg Montmartre, le boulevard témoigne de ce qui fut le haut lieu de la presse populaire parisienne. Les employés des grandes banques et des compagnies d'assurance, surreprésentées à l'approche de l'Opéra, croisent les chineurs de Drouot au bouillon Chartier, le dernier grand du genre – Julien et Flo s'étant embourgeoisés. Ce carrefour était depuis la fin des colonies le fief des restaurateurs juifs tunisiens, algériens ou marocains, qui en avaient fait l'équivalent gastronomique du Sentier : mais les couscous des natifs de Mostaganem, de la Goulette et de Bab el-Oued tendent à être supplantés par des restaurants grecs, chinois, mexicains ou libanais – les établissements casher préférant s'installer rue Richer, aussi confessionnelle que celle des Rosiers.

Les passages qui marquèrent si intensément la vie parisienne, de Balzac aux surréalistes, ont perdu de leur aura. Les étrangers continuent de voir, après Walter Benjamin, le symbole du Paris triomphant du XIXe siècle dans ces témoins du premier boom textile que connut le boulevard. Mais ils n'évoquent plus pour nous qu'une annexe de ce musée Grévin auquel on accède par le passage Jouffroy, une forme presque *auto-caricaturale* du Paris d'avant – tout comme la salle des Folies-Bergère, avec son lustre fabuleux et ses promenoirs à filles. La survivance de ces lieux, largement ringardisés, irrigue pourtant le quartier d'une présence populaire – vendeurs, danseuses, machinistes –, qui lui évite la fadeur propre aux lieux *high-tech* comme aux espaces mondialisés.

Une grande ville n'est en effet féconde, culturellement et humainement, qu'en confrontant luxueux et misérables, fainéants et suractifs : c'est alors qu'une poignée de parasites introduiront les goûts des riches dans les zones, et l'insolence des pauvres dans le confort des riches, afin de *polliniser* l'ensemble. Sans ces bourdons sociaux qui, faute d'alvéole propre, peuvent toutes les occuper successivement, la ruche stagne ; les valeurs et les formes restent confinées dans les classes qui les ont produites : ni miel ni gelée.

De même qu'elle continue d'ignorer les milliers de sans-domicile-fixe qui la hantent, Paris préfère perdre des habitants plutôt que d'ouvrir ses frontières. Parachevant l'entreprise de normalisation d'Haussmann, elle a dressé entre elle et ses banlieues une ceinture de béton, de vide et de pollution qui la protège encore ; un jour viendra où les banlieues se vengeront si fort que la capitale devra intégrer le périphérique à son plan et les *outlaws* à sa population, en enterrant le premier pour le planter d'arbres, et en donnant du travail aux seconds : seule condition pour que l'inégalité cesse d'être odieuse et redevienne quelque peu féconde.

Déjà les bobos colonisent des pans entiers de Saint-Denis, des Lilas, de Montreuil, d'Ivry, de Malakoff et de Montrouge : le mouvement inverse fera jaillir constructions, commerces et bistrots, le long du périphérique recouvert, si on exempte aussi la zone de taxes, comme les Grands Boulevards en leurs temps. On verra alors avec quelle force Paris sait intégrer – quand l'architecture concentrationnaire de la banlieue ségrègue, jusqu'à rendre toute cohabitation douloureuse. «L'obstruction, au politique comme au physique, donne la mort. Percez des routes nouvelles, ouvrez des issues, la vie pénétrera avec ces ouvertures : tout s'animera, parce que dès qu'il y a lieu au mouve-

ment, le ressort se débande et le talent éclate»,
disait déjà Mercier dans son grandiose *Tableau
de Paris*, en 1781.

Il n'y a plus, sur ce point, que quatre vraies
villes en Europe : Berlin, Naples, Palerme et
Catane. Dans certains quartiers de la capitale
de l'Allemagne réunifiée, la vie reste suffisam-
ment bon marché pour permettre à la bohème
et à l'immigration de vivre, sans l'angoisse per-
manente de l'expulsion. À Naples, la Camorra,
l'incurie ambiante et l'irrédentisme d'une cité
qui fut grecque puis espagnole, des siècles
durant, encouragent cet invraisemblable
archaïsme : le centre-ville est encore aux mains
du peuple – et quel peuple ! parlant fort et mal,
fier de l'incroyable exception historique qu'il
incarne. On peut voir ainsi de toutes petites
vieilles trôner au balcon des palais de Spacca-
napoli, devant un salon de cinq mètres de haut,
tandis que leur fille, dans la rue, remplit de
victuailles le panier d'osier qu'elles n'auront
qu'à hisser par une corde.

À Palerme, le palais où Visconti tourna le bal
du *Guépard* continue d'être flanqué de boutiques et d'ateliers qui assurent à ce quartier si
central une vraie mixité sociale ; à Catane, les
étals du marché aux poissons alignent sur près
d'un kilomètre, entre des arcades de palais
dignes de Saint-Pétersbourg, des thons, des

poissons-scies et des méduses que vendent à la criée les ultimes représentants du grand peuple sicilien, lui aussi l'héritier de la Grande Grèce et de l'Espagne : contraste homérique, permanence grandiose.

Ailleurs, les villes ont été si profondément *gentrifiées* qu'il est presque impossible d'imaginer ce que furent la Londres de Dickens, la banlieue rouge vif de la Vienne de François-Joseph, ou même la Rome de Pasolini. Prague n'est plus qu'un gigantesque magasin de verres de Bohême diffusant des sonates de Mozart à des touristes assez hagards pour croire qu'il s'agit d'une vraie ville. Il faut aller à Alfama pour trouver encore une authentique vie populaire à Lisbonne ; Barcelone aura été en bonne part nettoyée à l'occasion des jeux Olympiques de 2000, même si les grands *Barrios* semblent avoir retrouvé de leurs couleurs.

Ici aussi, dans la sphère d'influence du boulevard, la ville perd de sa substance ; les enfants des poissonniers et des bouchers du faubourg Saint-Denis rechignent à prendre la relève : se lever à deux heures du matin pour filer à Rungis, préparer son étal et tenir boutique jusqu'au soir, et ainsi de suite six jours sur sept, cinquante ans durant, ce n'est plus une vie, quand tant d'autres pianotent sur le clavier de leur ordinateur, trente-cinq heures par semaine seulement, sans parfois quitter la terrasse du Delaville Café, sinon pour s'envoler vers la Thaïlande…

Les bobos gagnent et la virtualité s'installe. La ville n'a pas seulement perdu un million d'habitants en un demi-siècle : elle perd de sa substance, à mesure que le branché sans accent remplace le titi sans carte Gold. Le Parisien se déréalise, mais il lui suffit de travailler ou de vivre dans les parages du boulevard – le vrai, le seul – pour retrouver de cette substance qui fit la force de la ville, quand elle vivait *pour de vrai*. Plus aucun romancier ne fait le portrait de Paris : chaque rue en a été cent fois décrite, et les seules nouveautés visibles depuis un siècle – les quartiers de la Défense et de Beaugrenelle – ne méritent pas trop qu'on s'y attarde. Mais une sorte d'essence littéraire continue de planer sur la ville, comme le fantôme de l'Opéra : c'est sur le boulevard, personnellement, que je la respire le mieux.

« … les quartiers de la Défense et de Beaugrenelle ne méritent
pas trop qu'on s'y attarde. »

ÉLISABETH BARILLÉ

Aux Batignolles

La Fourche! L'Américain n'en revient pas! Une station de métro en l'honneur de ce que les femelles posséderaient de plus imprévisible! Nous sommes en printemps 1932. Henry Miller, qui vient de s'installer 14 rue Anatole-France à Clichy, n'aurait pu imaginer accueil plus prometteur. Né à Brooklyn, il a choisi Paris pour y renaître comme écrivain, en être lucide, et libre. Écrire, j'y pense aussi en cet avril de l'année 1986, à cause de Miller justement, dont m'inspirent les livres et plus encore la vie. La plus belle vie possible à mes yeux : une vie d'écriture. *Toujours vif et joyeux!* Ce jour-là, pourtant, ma présence au métro La Fourche n'a rien d'un pèlerinage. Pas de *Printemps noir* dans ma besace mais une annonce du *Figaro*. Un deux-pièces à rénover rue La Condamine, autrement dit le Pérou quand on a poussé son premier cri devant

Notre-Dame et perdu son hochet dans le sable
des arènes de Lutèce. Du Pérou justement, où il
s'était rendu en 1736 afin d'évaluer la longueur
d'un arc de méridien, Charles-Marie de La
Condamine, géographe, naturaliste et voltai-
rien, a rapporté le caoutchouc. La rue m'évoque
plutôt le plomb scellant les rêves. Un refuge de
gagne-petit et de neurasthéniques. Comment
puis-je me douter qu'y ont vécu Zola, Man Ray,
Duchamp et Bazille, Bazille! Les Batignolles
n'agitent alors pour moi qu'un bout de rime
dans une chanson de Barbara :

> *À en perdre le goût de vivre*
> *Le goût de l'eau, le goût du pain*
> *Et celui du Perlimpinpin*
> *Dans le square des Batignolles.*

L'auteur interprète de *L'aigle noir* a vu le jour
face au square, au 6 rue Brochant. Je l'ignore
évidemment, j'ignore tout du quartier.

> *«… pas de boutiques d'"objets touchants", de vêtements*
> *vintage, mais des rempailleurs, une corsetière,*
> *un restaurateur de faïences, un perruquier… »*

— Pas un quartier, un village, déclaré commune indépendante en 1830, par ordonnance royale de Charles X, m'explique l'agent immobilier qui m'attend devant une façade crayeuse en fond de cour, plus longue que haute, typique, m'assure-t-il, des villégiatures construites, à la lisière de Monceau, par d'avisés spéculateurs en quête d'oxygène. Quelques rues portent encore leurs noms : Capron, Lacroix, Lécluse, Truffaut...

— Un ancêtre du cinéaste ?

— Quel cinéaste ? Ma passion à moi, c'est l'histoire.

L'agent le sort de son cartable en similicuir et s'y plonge.

— Écoutez ce qu'on lisait, en 1857, dans l'annuaire des Batignolles-Monceau : « L'air qu'on y respire est pur, et les émanations de Paris, qui se trouve au midi, n'en altèrent en rien les principes vivifiants. Garanti par la butte Montmartre du vent du nord, c'est un berceau. Le prisonnier pour dettes, en quittant Clichy, vient rendre une visite aux Batignolles, pour y apprendre à respirer l'air libre... »

Je sens surtout l'odeur de soupe. D'où proviennent ces remugles ? Du logis de la gardienne sous le porche, une créature au teint blême, aux cheveux filasse ; un personnage de conte gothique. Elle ne nous salue pas. Un vélo désossé rouille dans un coin d'ombre. La mousse cimente les fissures des vieux pavés. Mes talons hauts n'y survivront pas, tant mieux : pour vivre libre, être invisible. La grande leçon du zen :

À quoi bon le faste des vêtements de pourpre ?
Le grain de poussière n'atteint pas la montagne de
    pureté

Je pourrais mentionner le linge aux fenêtres, un volet cassé, le carton remplaçant une vitre sur le mur écaillé d'en face, mais on m'accuserait de noircir le tableau. À tort. Je parle d'un temps que les *bobos* ne peuvent pas connaître, d'un quartier encore soumis çà et là aux monochromies d'avant-guerre, entre Brassaï et Boubat. Refuge des artistes sur le retour, des maîtresses grisonnantes, des cœurs à prendre qui ne le seraient jamais, les Batignolles n'avaient rien d'ébouriffant. Ça ne datait pas d'hier. « Un aspect mesquinement bourgeois, cossu pauvrement, chiche mais propre autant que possible en dépit des ruisseaux taris, des bouches d'égouts insuffisamment étroites… », disait déjà Verlaine. En 1851, il n'a alors que sept ans, son père, qui vient d'abandonner l'armée où il servait comme capitaine, installe les siens rue Nollet ; les militaires à la retraite y sont nombreux : « Mon père

devait y retrouver et y faire beaucoup de cama-
rades dans cette classe de braves et dignes
gens, bons bourgeois sous l'affre et l'horreur
d'Homais et de Prudhomme...» L'adolescent
s'étiole, prisonnier d'un morne paysage de petits
commerces à l'usage des employés pauvres et
des célibataires. «Une physionomie qu'on vou-
drait croire provinciale, n'était telle lacune dans
la bonhomie, tel manque de naïveté forte, telle
négligence, telle brutalité, telle ignorance bien
faubourienne, comme une enseigne prise à un
roman qui fut à la mode...» C'est à peu près la
même quand j'y débarque à mon tour ; de l'avenue de Clichy au pont Cardinet, l'ordinaire
domine ; pas un musée en vue, pas d'insigne
monument ; quel repos ! Auteuil, Saint-Germain et la Bastille concentrant alors les pédants,
on n'y trouve ni *art gallery*, ni marché bio comme
désormais chaque samedi, boulevard des Batignolles jusqu'au métro Rome, pas le moindre
studio de design, pas de boutiques d'«objets
touchants », de vêtements *vintage*, mais des rem-
pailleurs, une corsetière, un restaurateur de
faïences, un perruquier, et des familles nom-
breuses «suivant la mode avec modération»
selon Jean Chalon, mon voisin de la rue Lemer-
cier, ethnologue attendri d'une bourgeoise pas
vraiment rêveuse : «Nantie d'un chat, d'un
chien, d'un mari et de deux enfants, elle trouve

encore le temps de confectionner des confitures
[...]. Pour faire son marché, rue des Moines,
elle arbore, depuis des années, son inusable
"ensemble écossais". De toute façon, elle ne va
pas au marché des Moines pour y parader ! Elle
sait reconnaître d'un seul coup d'œil la fraîcheur
d'un poisson ou la bonté d'un melon. »

C'était il y a quinze ans, cher Jean ! Les
mœurs locales ont changé. La bourgeoise des
Batignolles s'habille maintenant chez Vanessa
Bruno ; elle surveille sa ligne, carbure au thé
vert.

Raymond Queneau, à l'orée des années
trente, le disait déjà :

Le Paris que vous aimâtes
N'est pas celui que nous aimons
Et nous nous dirigeons sans hâte
Vers celui que nous oublierons
Topographies ! itinéraires !
Dérives à travers la ville !
Souvenirs des anciens horaires
Que la mémoire est difficile...

Poussons la porte vert céladon. Un carrelage
noir et blanc jette dans la pénombre sa moisson
d'étoiles. Une boule de verre (mais j'y vois du
cristal) couronne la rampe de fer coulé. Augure
radieux. Montons, dit l'agent. Voici les lieux,

inhabitables. Vétusté invisible à mon cœur
conquis par la douceur de l'instant, l'harmonie
des fenêtres, le soleil filtré par un fouillis de
feuilles au tracé d'amande. Un robinier, ou
faux acacia (*Robinia pseudoacacia*), introduit
en France par Jean Robin, le botaniste de
Henri IV, et planté place Dauphine sous son
règne. Les plus hautes branches dépassent le
toit d'en face, quant aux plus proches, il m'est
possible de les toucher. D'une année sur
l'autre, c'est-à-dire, pour moi, de livres en
livres, je le verrai verdir, forcir ou rapetisser au
gré des tailles, puisant dans sa vitale indiffé-
rence matière à encouragement. Qu'est-ce
qu'écrire sinon persévérer, creuser son sillon
loin du remous des modes, s'inscrire contre
toutes formes d'éparpillements ? Écrire : persévérer dans une obstination déraisonnable, s'en-
raciner dans d'immobiles errances. L'évidence
même pour Ezra Pound…

> *Immobile étais-je, arbre parmi les arbres*
> *Sachant la vérité des choses jusqu'alors ignorées*

Une cheminée de marbre noir domine ce qui
sera ma chambre, ma forge, ma cabane à l'écart
des hommes, espace où échapper à leur appro-
bation. Écrire dans un café, un port, parmi la
foule, entre deux chambres, deux avions, deux

frontières, j'en suis capable et je l'ai fait, mais il me semble, ici, que l'écriture est la plus juste, la plus vraie, que je suis, ici, plus poreuse aux murmures qui montent dès lors que je m'applique à l'immobilité forcée face au mur laissé nu, exprès. Je ne saurais l'expliquer. Empire du silence, présence des fantômes ?

Celui-là, ça s'entend, est américain. Juillet 1921, Man Ray, enfant de Brooklyn comme Miller, découvre enfin Paris. À Passy, Marcel Duchamp lui a réservé la chambre que vient de quitter Tristan Tzara, absent pour l'été. *Hôtel meublé*, indique un écriteau qu'il trouve « fort distingué ». Impression favorable qui s'effondre dans l'odeur d'urine de la cage d'escalier. Quelques semaines plus tard, Duchamp, qui s'apprête à repartir aux États-Unis, lui propose une petite pièce inhabitée au-dessus de l'appartement qu'il partage avec son amie Yvonne Chastel, au 22 rue La Condamine. L'immeuble en jette : des muses à la Mucha sous chaque encorbellement. En 1919, quand sa sœur s'est liée au peintre Jean Crotti, Marcel, alors à Buenos Aires, lui a envoyé un singulier cadeau de noce, un précis de géométrie accompagné des instructions suivantes : ficeler le livre au balcon du 22, laisser le vent compulser le livre, choisir lui-même les problèmes, effeuiller les pages et les déchirer. Suzanne en fera un petit tableau :

Ready-made malheureux de Marcel. « Cela m'avait amusé d'introduire l'idée d'heureux et de malheureux dans les ready-mades, et puis la pluie, le vent, les pages qui volent, c'est amusant comme idée… », dira Duchamp dans ses entretiens à Pierre Cabanne. Des idées, Man Ray n'en manque pas, idées de tableaux, de collages et d'objets. Excitants neuronaux qui, hélas, ne nourrissent pas son homme. Le seul recours pour vivre, la photo. Sur sa demande, Yvonne Chastel lui prête la salle de bains. Chaque nuit, il y développe son travail de la journée, des clichés de toiles, des portraits d'artistes, auxquels s'en ajoutent d'autres, plus personnels, comme la photo d'un fer à repasser qu'il a trouvé chez un quincaillier, lors d'une promenade avec Erik Satie, et arraché à sa fatalité utilitaire en lui collant une rangée de clous de tapissier. De quoi « réveiller la somnolence fermée de l'art » comme le veut Tristan Tzara. Son premier objet dada fabriqué en France. Man Ray veut inviter ses amis à le tirer au sort, mais dans l'après-midi, l'objet *customisé* disparaît mystérieusement, subtilisé, dira-t-on, par Philippe Soupault.

Un entrepôt de marchandises provenant des douanes occupe maintenant le pas-de-porte du 22. *Attendez-vous de faire un tour du monde, tant vous allez trouver d'articles insolites et variés. Réga-*

lez-vous! lit-on en vitrine. On y entre pour une vareuse de marin repérée du dehors, on en ressort avec un lot de trappes à rongeurs.

Encore de l'insolite, quelques mètres plus loin, avec la plaque professionnelle de la maison Scarpe. « Fabricant de chaussures sur mesure. Classiques et Orthopédiques et d'Orthèses Podologiques tous types. Sur rendez-vous. » M. Scarpe sait-il qu'il travaille le cuir à l'endroit même où Zola travaillait de la carafe ? En 1866, quand il s'installe au 14 rue La Condamine avec sa mère et sa compagne, Gabrielle-Alexandrine Meley, qu'il épousera quatre ans plus tard, à la mairie de l'arrondissement, l'écrivain délaisse la rive gauche pour se rapprocher des peintres qui comptent pour lui, ces « Refusés » comme on les surnomme depuis le scandale du Salon de 1863. Alors que Meissonnier et autres enlumineurs occupent les hôtels de la plaine Monceau (l'adresse de « Nana » au sommet de sa gloire), ces irréductibles ont leurs habitudes au Café Guerbois, au 11 Grande-Rue des Batignolles (maintenant avenue de Clichy), Manet, le chef de file, habite 34 boulevard des Batignolles, puis 81 rue Guyot (aujourd'hui Médéric). Un « lutteur convaincu », affirme Zola, en lui prophétisant une « place au Louvre » quand il découvre *Le déjeuner sur l'herbe*. La vie, voilà l'honneur de l'art ! Qu'on soit peintre ou

« On y croise aujourd'hui de solides Brésiliennes
siliconées aux bons endroits. »

romancier, c'est la vie qu'il faut servir « telle qu'elle passe dans les rues, la vie des pauvres et des riches, aux marchés, aux courses, sur les boulevards, au fond des ruelles populeuses ». *L'Œuvre* lui sert de manifeste. Le roman sera écrit rue La Condamine, dans un modeste pavillon au fond de cour, évoqué au détour d'une page : « Claude eut toute les peines du monde à découvrir le petit pavillon que son ami occupait. D'abord, il entra dans une grande maison bâtie sur rue, s'adressa au concierge, qui lui fit traverser trois cours ; puis, il fila le long d'un couloir entre deux autres bâtisses, descendit un escalier de quelques marches, buta contre la grille d'un étroit jardin : c'était là, le pavillon se trouvait au bout d'une allée... Dans le jardin, il n'y avait qu'une petite pelouse centrale, plantée d'un immense prunier dont l'ombrage pourrissait l'herbe ; et, devant la maison, très basse, de trois fenêtres de façade seulement, régnait une tonnelle de vigne vierge, où luisait un banc tout neuf... »

À quelques détails près, la description de mon refuge. Pour moi, évidemment, le vrai cœur du quartier.

La rue des Dames existait déjà en 1672 et conduisait, non pas au septième ciel comme l'augurait le nom, mais à la bénédictine des Dames de Montmartre. Verlaine évoque « une

morne enfilade de bâtisses à suer les revenus ».
En 1924, bien décidé à vivre de sa plume, le
jeune Simenon prend une chambre à l'hôtel
Beauséjour, au numéro 42. Dans *On ne tue pas
les pauvres types*, le pauvre type en question,
Maurice Tremblet, caissier dans une maison de
passementerie, végète dans un immeuble triste
de six étages en bas de la rue des Dames. On y
croise aujourd'hui de solides Brésiliennes siliconées aux bons endroits. Il est vrai qu'au numéro
20 officie Angela, une consœur argentine, sty-
liste et costumière. Cuissardes en vinyle, perruques fluo, lingerie suggestive, fourreaux sur
mesure avec l'ajout de fausses hanches : au bonheur des messieurs qui veulent s'appeler mes-
dames. Ce n'est pas ici qu'on guérit de l'amour
avec des tisanes ! La maison précise que les
hommes qui ne viennent ici que pour fantasmer
en essayant des robes ne sont pas les bienvenus.
Ils peuvent toujours échouer au bar d'en face, le
Narval, du nom de ce mammifère cétacé des
mers arctiques caractérisé par le développe-
ment considérable, chez le mâle, de l'incisive
gauche… Pour le reste, un sushi-bar, une boutique pour ados goths, un bistrot repéré par le
Guide du Routard : une « rue branchée » selon
L'Express-Paris. L'hôtel Beauséjour n'y a pas
survécu… Filons rue Nollet. *Physicien français*,
annonce la plaque bleue, sans préciser que Jean-

Antoine Nollet (1700-1770), abbé de son état, fut adoubé par l'Académie pour avoir démontré la propagation du son par l'eau… Vigny y aurait vécu en 1838.

— Vigny, on s'en tape ! Parle-nous plutôt de De Staël ! rétorque Laurent, un ami.

— Le peintre ?

— Évidemment, pas la baronne ! Tu vois la fille de Necker tenant salon aux Batignolles ? De toute façon, de son temps, le quartier n'existait pas.

— Revenons aux pinceaux. Que sais-tu de plus sur le grand Nicolas ?

— Ce que devrait savoir tout Parisien un tant soit peu sensible… Ne dis pas cultivé ou je sors mon mauser !

— Breton est enterré au cimetière des Batignolles, division 31. *Je cherche l'or du temps*, lit-on sur sa tombe.

— Breton, c'est surfait.

— Relis *Les Champs magnétiques*, tu changeras d'avis.

— Un type qui se prend pour le pape, pour moi, c'est rédhibitoire…

— De Staël avait aussi son ego. Sans ego, pas d'artiste…

— De Staël, c'est au-delà…

— Il habitait rue Nollet ?

— Au 54, un hôtel particulier de deux étages au fond d'un jardin, pas le sien évidemment. Les possessions vous possèdent, Nicolas savait cela…

— C'était en quelle année ?

— En 1943, en pleine Occupation. Il arrive de Nice et ne sait où loger. Jeanne Bucher, la marchande de tableaux, connaît un endroit où il pourrait travailler en paix. Pierre Chareau, l'architecte, y vivait avant son exil aux USA. Picasso, Braque, Juan Gris sont passés par là, lui dit-elle. Les lieux sont fantomatiques : les meubles, les croquis, le grand piano à queue, rien n'a bougé. Nicolas installe son atelier au salon du rez-de-chaussée à cause des quatre fenêtres, des marronniers et des frênes… Il vient de rompre avec la figuration, mais reste convaincu de l'impossibilité d'une abstraction radicale. Sur sa palette, des gris durs, des bleus sourds, des soleils éteints…

Je demande à Laurent de m'accompagner. Il refuse.

— Pourquoi ?

— Vas-y et tu comprendras.

Du passé, on a fait table rase pour un « immeuble de standing » assez pompidolien d'allure. Au rez-de-chaussée, une crèche de la Ville de Paris aussi bien gardée qu'une prison, avec une cour tout de même un peu plus gaie qu'elles ne le sont là-bas, ombragée d'un seul arbre. On a rasé les autres, puis une bonne âme s'est dit : « Peignons-en sur le mur ! » Oublions cela.

L'ancienne demeure d'un peintre ? L'assistance maternelle avoue son ignorance. La directrice sait peut-être quelque chose, mais elle est en vacances pour quinze jours…

— Quel nom dites-vous ?

— Nicolas de Staël.

— C'est pas français…

— Son père était russe…

— Les Russes, il faut s'en méfier, tous des mafieux…

Filons ! En bas de la rue Nollet, des grues occupent l'emplacement du village olympique tel qu'on l'aurait bâti si les Jeux de 2012 s'étaient déroulés à Paris et non à Londres. Cinquante hectares d'horizon dégagé. Le dernier terrain vague de la capitale avec tout ce que l'adjectif charrie de promesses pour la femme et l'homme d'aventures. La Sernam y avait là sa gare de fret. Dès l'aube, des camions y allaient de leur va-et-vient incessant, sans pourtant déranger les tournois disputés, de l'autre côté de la rue Cardinet, par d'heureux oisifs parlant pétanque dans la langue de Pessoa. Le seul endroit de la capitale où, l'été, les poids lourds jetaient des sillages de poussière

comme en plein Hoggar… Où s'étend l'espace
se déploie la pensée, les enfants n'ignorent pas
cela. Redevenir enfant, pour moi, c'était facile,
il suffisait d'aller vers ces lisières. J'inventais des
chargements d'épices ou d'armes ; les Batignolles menaient vers Dakar, Kaboul ou Mata-
ram ; le ciel paraissait plus vaste. Du vague à
l'âme ? Marcher là-bas le chassait. *Le vent se
lève, il faut tenter de vivre. Partir, au loin partir !*

Si je cite Mallarmé, quoique trop cérébral à
mon goût, c'est à dessein. 89 rue de Rome,
c'est là qu'il habitait, l'adresse des fameux mar-
dis. Une plaque le rappelle, que personne ne
remarque, il est vrai que la rue, bruyante et
polluée, n'incite pas au vagabondage. On y
roule à tombeau ouvert. Un jour de septembre,
à la hauteur de la rue des Dames, une fourgon-
nette blanche m'a percutée sur ma bicyclette.
Le bus 53 remontait vers Levallois ; quelques
secondes de plus, et bonjour l'Éternité ! Acci-
dent qui n'entame guère la place de choix
qu'occupe, dans ma géographie intime, cette
rue sans intérêt sinon pour les clients de la
Centrale du Casque.

Je m'explique. S'il reste aux Batignolles un
peu de poésie urbaine, c'est bien là qu'on la
goûte, face à l'ancienne voie ferrée, crevasse de
rails, de poutrelles et de suie, allant du pont
Cardinet à la gare Saint-Lazare, surgissement

de montagne au cœur de la ville, telle qu'elle avait frappé, d'admiration et tout autant d'effroi, les Parisiens lorsqu'ils avaient découvert la diabolique initiative des frères Pereire. Le sait-on ? L'ancêtre du TGV est né aux Batignolles, en 1837 précisément, avec la première ligne Paris-Saint-Germain. On le craindra d'abord. On inventera de terribles méfaits sur la santé, à peu de chose près ceux qu'on prêtera plus tard à la pilule du docteur Pincus. Cela ne durera guère. Quand Gustave Caillebotte plante son chevalet au-dessus de la voie ferrée, la gare et ses environs sont devenus un motif de promenade. *Le pont de l'Europe* montre un passant accoudé au parapet de fonte, perdu dans la contemplation du ballast. Jusqu'au drame d'octobre 1921, quelques jours après l'incendie des magasins du Printemps. À six heures du soir, un train en direction d'Issy-les-Moulineaux explose dans le tunnel des Batignolles. Vingt-huit corps sont extraits des seize wagons carbonisés. Le tunnel doit être détruit. On rase, on arase, on creuse, on cintre, travaux qui changent du tout au tout le visage des Batignolles. L'entaille, je l'ai dit, est vertigineuse. Le paisible village abrite désormais «la honte de Paris». Un historien de l'époque écrit : «Si ces pierres enfumées, que les wagonnets des démolisseurs ont portées aux gravois, avaient pu parler [...] elles nous auraient fait un éloquent sermon sur la vanité et la brièveté de toute gloire...» Nous ne sommes tout de même pas dans une toile d'Hubert Robert, mais pour peu qu'on soit conscient de l'inévitable érosion des êtres et des choses, les lieux ne laissent pas insensible.

J'y situerais la dernière scène de *Corps de jeune fille*, une course-poursuite entre un vrai-faux écrivain et une Lolita atteinte de grapho-manie (l'espèce, depuis, s'est banalisée...). Elisa, c'est son nom, espère lui échapper rue de Rome, en enjambant un des ponts : «La voie ferrée glisse comme un torrent au fond d'une combe. On pourrait se croire à la mon-tagne ; ici, pas de roche mais des moellons noir-cis par la pollution. L'altitude est horizontale : "Paris-Saint-Lazare-200m." Un train orange s'éloigne à faible allure. Si je sautais ? Sur le train, comme un cow-boy ! Calamity Jane. Bas résilles par-dessus la rambarde. Icare. Mon corps cerf-volant en robe planante. Moment poétique. Le saut de l'ange.» Un ange exécuté en quelques phrases assassines dans les toilettes pour hommes d'un bar de la place de Clichy...

Si les Batignolles méritent encore leur appel-lation «village», c'est sur la place Félix-Lobli-geois. Les gamins étrennent leur *mountainbike* à

« Je m'explique.
S'il reste aux Batignolles un peu de poésie urbaine,
c'est bien là qu'on la goûte, face à l'ancienne voie ferrée… »

l'ombre des platanes. Chez Stéphane, les dandies de l'arrondissement font provision de véritable tweed anglais. À la terrasse de l'épicerie-restaurant Fuxia, des trentenaires se rabibochent devant du jambon de Parme tandis que d'autres, éminemment casés, manœuvrent des poussettes chargées de bébés Gap. Jean Chalon, lui, y admire les plus beaux géraniums de la capitale.

J'écris ces lignes à la terrasse de la pâtisserie Chamignon, fameuse pour ses babas-bouchons. J'ai commandé un chocolat, lequel m'arrive, épais comme une rêverie d'opium, servi par une demoiselle en tablier blanc. Suis-je toujours à Paris ou dans quelque idyllique province ?

Le jour va bientôt tomber. C'est l'heure des vêpres à Sainte-Marie-des-Batignolles. Ses quatre colonnes doriques et son fronton en chapeau de gendarme font que j'y vois moins une église qu'une demeure palladienne, une modeste réplique de la villa Barbaro où désire me conduire, dès que j'irai chahuter son exil vénitien, mon cher F.

« Si les Batignolles méritent encore leur appellation « village »,
c'est sur la place Félix-Lobligeois. »

Construite sur des fonds levés par souscription, cette auguste folie pour risibles amours fut agrandie en 1839 par certain Paul-Eugène Lequeux. Je n'écris son nom que pour préciser qu'il fut aussi l'architecte de l'asile de Ville-Évrard où furent enfermés Camille Claudel et Antonin Artaud... Passons sur le Christ en croix décrit par Verlaine comme l'« effroyable et merveilleux débris d'un couvent espagnol pillé sous le premier Empire. L'Assomption au-dessus de l'autel, voilà la vraie merveille : une machinerie de théâtre ou plutôt d'opérette, anges et nuages en stuc folâtrant dans un ciel bleu layette autour d'une vierge en pâmoison ». De quoi séduire Liane de Pougy, jadis familière des lieux. Quand Léon-Paul Fargue, dans son *Piéton de Paris*, range la courtisane Belle Époque parmi ces Parisiennes exclusivement consacrées au plaisir, à la frivolité, au snobisme, à l'ivresse et au tapage, il ignore le virage qu'elle négociera, l'âge venant, en convolant deux fois. La première fois assez communément, avec un prince roumain, la seconde, avec le Christ, au sein du tiers-ordre de Saint-Dominique, conversion amorcée, dira-t-on, à Sainte-Marie-des-Batignolles, devant des festins de cierges, plus éblouissants, désormais, que les fleuves de diamants...

La tendresse que j'ai pour cette église (riche de six cents fidèles si l'on en croit le bulletin paroissial) n'a rien à voir avec ses spectres célèbres ou non. Ce qui m'attire chez elle ? Encore et toujours la littérature, un genre de littérature, devrais-je dire, marginal, méconnu, voire méprisé : le livre de prières. Vous souriez ?

Je crois connaître assez bien l'Inde pour affirmer que la prière, au bord du Gange ou au pied des Himalaya, est avant tout célébration d'une transcendance assez peu accessible au pauvre cerveau humain. En Inde, on ne demande rien (et d'abord, demander à qui ?, Dieu étant pour les Hindous « celui dont on tait le nom »), on glorifie. Le cahier à spirales que supporte un pupitre judicieusement placé entre les statues de Marie et de Thérèse prouve qu'il en va différemment aux Batignolles. « Faites que ma chère maman reprenne goût à la vie », lit-on ici. « Merci d'avoir exaucé mes prières au sujet de mon neveu de neuf ans opéré trois fois en un mois », lit-on là. Ou encore : « Merci Jésus pour tout ce que tu as fait pour moi à tous les niveaux et pour le courage que tu me donnes d'affronter ma vie en toutes circonstances. » La dernière entrée, datée du jour, dit ceci : « Merci à la Vierge pour m'avoir permis de sortir de trente ans de drogue, d'alcoolisme, de fausses amitiés, et de péchés de toutes sortes. Reconnaissances… »

Des mots qui, moi, me touchent.

Ce genre de prose fonctionne en miroir : en lisant les autres, on se lit soi-même, on s'y découvre souvent plus chanceux, mais rarement plus admirable ; ça peut être salutaire.

Place Charles-Fillion (qui n'a rien d'une place, je le précise ici, à l'intention de ceux que ce texte inciterait au pèlerinage), je lève les yeux vers une fenêtre ouverte sur une fraîcheur de feuilles. L'imprésario d'Édith Piaf a vécu là. Ce n'est pas la môme que je salue, la Pythie endeuillée, c'est toi, Bertrand, en tes vestibules d'ombres, c'est ta musique cristalline, tes sons crépusculaires, étrangement accordés, le soir surtout, à la mélancolie batailleuse du square...

Qu'en dire de ce Monceau miniature sinon que les sinistres *Vautours,* une pierre noire de Volvic sculptée par un certain Lons de Monard, m'inspirent des envies de saccages, qu'on y trouve un platane de six mètres de circonférence, une colonie de cygnes noirs, de colverts et de canards siffleurs ? On y pouponne intensément. Pour la drague, filez au Luco. J'ai appris récemment que l'horticulteur de l'équipe fondatrice s'appelait M. Barillet... Pour quelqu'un qui vit moins sa vie qu'il ne la déchiffre, l'information fait oracle. Nos vies sont-elles déjà écrites ? Nos destins tout tracés ?

Il m'arrive de m'en convaincre quand, sans raison et sans but, je décide d'une promenade à travers le quartier. Je pourrais la faire les yeux bandés. Je pourrais aussi ne pas la faire, l'ayant faite cent fois. Je pourrais traverser la Seine, m'acclimater rive gauche. J'y ai pensé bien sûr, j'ai accompli des démarches, contacté des professionnels. Après leur départ, il me semblait entendre les vieux murs : «Nous quitter ! Tu n'y songes pas ! Et quand bien même le voudrais-tu, nous t'en empêcherions... »

Alors je restais.

Il est possible que j'y vieillisse, que j'y meure peut-être. Une vraie bernique à son rocher !

Ce qui m'arrime aux Batignolles ? Un mystère. Pour moi c'est l'évidence : je n'ai pas choisi d'y vivre, j'ai été choisie. Par quelle opération du Saint-Esprit ? Si je le savais !

Je peux toutefois raconter ceci :

Aux livres, j'aime mêler des images. Dans l'alcôve qu'ils tapissent autour d'une banquette de coton ivoire, une carte postale attire l'attention. *La robe rose* de Frédéric Bazille. Un Caspar Friedrich français, m'étais-je dit au musée d'Orsay, devant la toile, captivée par tant d'énigmes : la femme sans visage, la tache noire du tablier, le décor silencieux et figé d'un après-désastre. Un être de gouffres et de feu, avais-je pensé à propos de l'artiste. Sa mort précoce à vingt-neuf ans, et au champ d'honneur en 1870, puis, lors d'une exposition à

Rotterdam, l'éblouissant *Pêcheur à l'épervier*, noble et sensuel en diable, confirma l'attirance et déclencha l'enquête, laquelle finit par me conduire à deux pas de chez moi, 9 rue La Condamine : le dernier atelier du peintre. Le jeune Bazille y arriva en 1868 ; cette année-là, il peindra son pêcheur...

Un matin d'avril 1986, alors que j'ignorais son œuvre et son nom, je m'y rendrais à mon tour.

À quel appel répondais-je, au cœur d'une convergence de lieux, d'âmes et de chiffres ? À quelle troublante conjuration ? Quelle frontière me faudra-t-il traverser un jour pour que s'éclaire l'énigme ?

GÉRARD DE CORTANZE

Le Géorama Montparnasse

Je ne suis pas voyageur. Sans doute parce que l'immense périple effectué par mes ancêtres, des Flandres à Jérusalem, puis des prisons turques au Monferrato, puis de Turin à Nice, enfin de Marseille à Paris, m'a contraint à un nécessaire et suffisant retour vers leur terre piémontaise, qui fait écran et m'a installé dans une sorte de vie concentrique laquelle, après s'être éloignée de son centre, y revient chaque jour davantage. Ainsi, les lieux de mon existence ont-ils été toujours visités plusieurs fois, abandonnés puis retrouvés, parfois restaurés. Ainsi, ai-je le sentiment réel que mes seuls voyages sont des voyages intérieurs, en des petites contrées, vues et revues, parcourues et reparcourues, comme si mes incursions, pour ne citer que celles qui ont réellement compté – à New York, Sofia, Lisbonne, Madrid, Bagdad, Stuttgart, La Havana, San

Francisco, etc. –, n'étaient que des incursions accidentelles – hors de moi. Mon long commerce avec Montparnasse relève de cette stratégie interne, de ce rallye raid très personnel, vital, effectué sans GPS. Par « Montparnasse », devenu désormais comme mon village, j'entends un improbable parallélogramme délimité par le stade Charléty et la porte d'Orléans d'un côté, le métro Falguière et les jardins du Luxembourg de l'autre. J'y ai vécu plusieurs vies.

La première fois que j'entendis prononcer le nom de Montparnasse ce fut lors d'un des déjeuners aussi rituels qu'empesés que ma chère marraine Nora Le Las organisait dans son appartement de la rue de Vaugirard, à la hauteur de la station de métro Falguière et non loin des ateliers et du jardin où Antoine Bourdelle avait travaillé toute sa vie. Nora dirigeait de main de maître l'usine de téléphonie qu'elle avait héritée de son père, ne s'habillait qu'en tailleur *Bar* de chez Christian Dior, et ne jurait que par sa Traction version longue de couleur verte, alors que tous ses amis roulaient déjà en DS. En ce temps-là, Nora devait avoir une cinquantaine d'années, j'en avais six, nous étions en 1954.

Tandis que le repas s'éternisait et que nous avions déjà passé en revue tous les grands sujets du moment, de la chute de Diên Biên Phu à la première de «La Piste aux étoiles», en passant par la création du tiercé et l'entrée en application de la TVA, maman, poussée par on ne sait quel esprit de provocation, demanda tout soudain à Nora si elle avait lu *Histoire d'O*. Convaincu qu'il s'agissait d'un livre sur les fleuves et les rivières, je ne compris pas immédiatement pourquoi un ouvrage en apparence si innocent venait de déclencher une de ces disputes théâtrales dont les adultes ont le secret. «Quelle honte, Claire. Qu'est-ce que c'est que cette théorie du "bonheur dans l'esclavage"! Non mais quelle honte!», ne cessait de répéter ma marraine, en tirant sur les manches de son tailleur «corolle». Nora Le Las, qui avait sans hésiter approuvé le refus de Mgr Feltin, archevêque de Paris, d'absoudre Colette, qui venait de mourir, pour sa conduite inconvenante, la condamnant à être enterrée civilement, n'allait tout de même pas admettre la publication de cette «scandaleuse histoire de femme amoureuse». «Et pourquoi pas *Bonjour Tristesse*, renchérit ma marraine. Tolérer qu'une jeune fille de dix-sept ans fît l'amour sans être amoureuse avec un garçon de son âge et n'en fût pas punie! Dans quel monde vivons-nous! Mais quelle honte, ma pauvre Claire! Quelle honte!»

Voyant que je ne perdais pas une miette de

cette édifiante altercation, ma marraine, sou-
cieuse de l'éducation de son filleul, arrêta tout
net la discussion, et parla d'autre chose. « Allez,
tout ça doit bien t'ennuyer, mon fi ! Ce ne sont
pas des conversations pour les petits garçons... »

Alors que j'acquiesçais, bien malgré moi, de
la tête, tout en mangeant ma tarte au citron, ma
marraine me demanda soudain :

— Tu connais Montparnasse ?

— Non, marraine, répondis-je, surpris par
l'incongruité de la question.

Ajoutant, certain de l'élégance de mon propos :

— Non, je n'ai pas l'honneur de connaître
ton parnasse...

Lorsque le tonnerre d'éclats de rire déclen-
ché par ma réponse fut éteint, ma marraine,
affirmant que mon éducation restait à faire, se
retourna vers mes parents et leur lança, sur un
ton qui n'appelait aucune contradiction :

— Et si nous allions boire le café à la Coupole. Il fait beau, profitons-en. Et mon fi verra
mon parnasse...

Quelques minutes plus tard, je savourais ce
qui allait devenir par la suite l'un de mes plus
beaux souvenirs. Dans l'immense salle aux
lignes néo-classiques du fameux café-brasserie-
dancing, retinrent avant tout mon attention les
piliers recouverts de peintures que je trouvais

extravagantes. Ma marraine me raconta que la décoration de ces trente-deux piliers avait été confiée à trente-deux peintres qui, ayant tous reçu en contrepartie de leur travail un crédit de boisson illimité, passèrent le restant de leur vie au bar à siroter des absinthes! Elle semblait pouvoir reconnaître chaque auteur de chaque toile: ici, Chantal Queneville; là, Auguste Clergé; plus loin, Pierre Dubreuil; au fond à gauche, Othon Friesz; juste derrière toi, Marie Vassillieff... «Dans les années vingt, le carrefour des boulevards Montparnasse et Raspail accueillait les artistes descendus de Montmartre, *les Montparnos...*» Emportée par son enthousiasme, ma marraine était intarissable. Je ne l'avais jamais vue ainsi et ne la revis plus jamais aussi vive, joyeuse, heureuse. Nous restâmes jusqu'à la tombée de la nuit tandis que défilaient devant moi Modigliani, Derain, Matisse, Kisling, Zadkine, Chagall, Foujita, Man Ray, Clavé, César, Zao Wou-Ki et tant d'autres... Elle qui ne se confiait jamais, évoqua même un certain bal masqué à Montparnasse, auquel elle aurait participé, en 1925. Une photo avait été prise, sur laquelle on la voyait aux côtés de Foujita en chapeau melon gris, enlacée par les peintres Feder et Léopold Lévy, et assise sur les genoux de Marcel Grün: «Ah, celui-là... il détestait tellement la bohème débraillée que, pour en prendre le contre-pied, il se vêtait avec une excessive recherche : melon et gants beurre-frais. Remarque, tout le monde savait qu'il était pauvre : on lui jetait des sous et des morceaux de sucre... » Elle me promit de me montrer la photo la prochaine fois que je viendrais chez elle. Je ne la vis jamais, et jamais plus elle ne me parla de Montparnasse où elle avait croisé Soutine, lequel « malgré sa réussite, ses costumes bien coupés et ses ongles manucurés, gardait l'air d'un chien battu ».

En 1956, mes parents me dotèrent d'un petit frère. La première conséquence de cette naissance fut d'accélérer le processus d'obtention d'un logement. Cela faisait maintenant plus de quatre ans que, trop à l'étroit dans le une-pièce de la rue Pierre-Curie à Saint-Ouen, aussi consciencieusement que régulièrement, mes parents faisaient une demande auprès de la mairie de Paris sans obtenir la moindre réponse. Mais cette fois-ci, c'était la bonne : nous allions pouvoir emménager dans un petit deux-pièces du 14ᵉ arrondissement, dans la rue Mauriche-Ripoche, au numéro 52. Prise entre l'avenue du Maine et la rue Didot, cette rue percée en 1838, et nommée alors du *Géorama*, avait été rebaptisée en 1946, pour prendre le nom de cet aviateur-constructeur, héros de la

« La première conséquence de cette naissance fut d'accélérer
le processus d'obtention d'un logement. »

Résistance et décapité par les Allemands en
juillet 1944. Je dois avouer que l'horreur de
cette décapitation, qui bouleversa mon père à
tel point qu'il ne donnait jamais son adresse
sans que pointe dans sa voix, à qui le connais-
sait, une émotion visible, fut chez moi vite
recouverte par le plaisir d'habiter un lieu nouveau, et surtout de vivre enfin à Paris. Ce qui,
pour le petit banlieusard que j'étais, représen-
tait comme un voyage sur la planète Mars.

Rapidement, je m'habituai au quartier, à ses
rites, à ses coutumes, à ses habitants. J'allais à
l'école à l'angle de la rue du Château, imposant
édifice de brique rouge, doté d'une cour plantée
de platanes chétifs et d'une minuscule véranda
sous laquelle nous nous réfugiions les jours de
pluie ; partais chercher la baguette moulée familiale à la belle boulangerie, au plafond décoré et
aux panneaux extérieurs peints, faisant l'angle
avec la rue Raymond-Losserand ; m'arrêtais des
heures devant la construction de brique poly-
chrome avec ses bow-windows en bois et sa
décoration de céramiques, située au 129 ; et
jouais chaque jeudi avec le fils de l'épicier algé-
rien avec lequel nous avions projeté de fuir, dans
une barque construite en cageots de légumes
patiemment collectés, vers un monde où les
petits Arabes ne seraient plus traités de bou-
gnoules ni les fils d'Italiens de spaghettis…

Ce 14ᵉ arrondissement-là fut celui d'un bonheur éphémère mais bien réel. Papa, dont c'est un euphémisme d'écrire qu'il était pourvu d'un caractère imprévisible, décrétant de manière absolument unilatérale que tel jour était un jour de fête, pouvait tout aussi bien fêter l'*Epifania* en juin, la *Festa del lavoro* en janvier, le *Capodanno* en mars et l'*Ognissanti* en mai. À n'importe quel moment de l'année pouvait nous tomber sur le coin de la figure la *Festa dell'Assunta*, voire de la *Ferragosto*. Alors, il passait chez le marchand de «produits gastronomiques italiens» de l'avenue du Maine, et transformait la journée en *giorno festivo*. Fou magnifique, il inondait la table d'*antispasti* de légumes, de fromage de Bra, de *toma piemontese* et de *Robiola di Roccaverano*, de *gressini* venus tout droit de Turin, de tendres *Amaretti*, de doux *Torroni* et de fondants *Gianduiotti*, sans oublier quelques bouteilles de Barbera, Barrolo et autres Roero destinées à nous rappeler que même au cœur du 14ᵉ arrondissement, nous ne devions pas oublier nos racines piémontaises.

Durant ces quelques années écoulées rue du Château, j'ai pu arpenter des rues qui me devinrent familières : rue de la Gaîté, boulevard du Montparnasse, rue de la Grande-Chaumière, boulevard Raspail, rue Campagne-Première, rue de l'Abbé-Carton, rue du Moulin-Vert, rue

« *Lorsque ma mère commençait de se lasser
du square de la mairie, nous partions […] en direction
du parc Montsouris.* »

du Couédic. Mais aussi m'arrêter aux terrasses de cafés où il me semblait que le monde venait s'installer le temps d'une mystérieuse «noisette», d'une bière frappée ou d'un sandwich au jambon : le Dôme, la Rotonde, le Sélect. Persuadé aussi que j'y rencontrerais le fantôme d'un des amis de ma marraine : la baronne Hélène d'Oettingen, fondatrice des «Soirées de Paris»; Chagall, plein de rêve et de fantaisie que j'imaginais, allez savoir pourquoi, m'apparaissant au milieu de palmiers et d'orangers; Marie Wassillieff, excentrique, très russe, et qui avait été ermite dans une grotte à Cagnes; et pour finir Marcel Duchamp, qui avait longtemps gagné sa vie en donnant des leçons d'échecs à New York, ce qui m'impressionnait particulièrement, car je trouvais en effet de la plus grande extravagance d'exercer un tel métier et encore plus dans une telle ville au milieu des gratte-ciel.

Lorsque ma mère commençait de se lasser du square de la mairie, nous partions, poussant à tour de rôle la poussette de mon petit frère, en direction du parc Montsouris. Le chemin empruntant l'avenue du Maine, la rue d'Alésia puis l'avenue René-Coty me semblait interminable, tout comme la montée qui, une fois dépassé le pont de pierre franchissant les voies du RER, nous conduisait à une pelouse ver-

doyante puis à la grotte, puis à la cascade, puis
au lac, puis à la réplique du palais du Bardo,
vestige de l'Exposition universelle de 1867,
qu'un incendie allait détruire bien des années
plus tard. Je ne me doutais pas alors, que ce
parc, dessiné pour faire contrepoids au parc
des Buttes-Chaumont établi au nord de Paris,
allait devenir mon lieu de prédilection.

Une vingtaine d'années séparent ces souvenirs du Montparnasse de mon enfance de celui
de mon âge adulte. Me prenant pour Perec, je
pourrais égrener une suite de souvenirs dans
lesquels ce quartier joue un rôle prépondérant.
Comme les réunions de la revue *Cheval
d'Attaque*, lancée en 1968, dans un local révolutionnaire de la rue Hallé. Ou les visites chez
mes grands-parents maternels dans leur minuscule appartement de l'avenue d'Italie. Ou les
promenades avec Antonio Saura au cours des-
quelles nous évoquions la guerre d'Espagne et
Cervantès, l'exil, la mémoire du temps. Ou les
réunions d'athlétisme au stade Charléty, où
j'arrivais, en compagnie de mes autres copains
tous élèves de l'école Saint-Joseph, encadré par
une phalange de frères du Sacré-Cœur, en sou-
tane noire, et munis de jerricanes remplis de
grenadine. Ou les visites des ateliers de Dela-
croix, Henner, Gustave Moreau, Zadkine,

Buchard, Bourdelle, à l'époque où j'avais entamé des études d'histoire de l'art. Ou les promenades dans le cimetière du Montparnasse à la recherche des tombes de Charles Baudelaire, de Guy de Maupassant, de Camille Saint-Saëns, mais surtout de l'ange de bronze de Daillion, génie du sommeil éternel qui surplombe le rond-point du cimetière. Ou la représentation à l'American Center for Students and Artists d'une pièce de Cocteau où, étant venu rencontrer la Madeleine Sologne de *L'Éternel Retour*, je retrouvai une femme âgée, ridée – fin du rêve d'adolescent. Ou ce jour étrange durant lequel m'étant perdu du côté de la gare Montparnasse, je constatai que la vieille gare inaugurée en 1852 n'était plus qu'un immense chantier destiné à céder la place à ce que les architectes choisis pour massacrer ce coin de Paris appelaient pudiquement « une utilisation verticale de l'espace ». La liste pourrait continuer longtemps, surtout si j'y inclus cet événement aussi navrant que rocambolesque. Peu de temps après mon départ de la maison familiale, ma mère, qui n'avait plus à craindre ma confrontation directe avec mon père, décida de déserter le domicile conjugal sans laisser d'adresse, et vint se cacher dans un appartement de l'avenue Reille, là où les détectives privés lancés à ses trousses par mon père ne

risqueraient pas de la rattraper. En venant habiter dans cette rue portant le nom d'un maréchal
de France – François-Honoré Reille (1775-
1860) –, où elle ne retrouvait rien moins qu'un
quartier qu'elle avait jadis aimé, la fugitive ne se
doutait pas qu'elle scellait en quelque sorte le
destin de son fils, lequel viendrait, plusieurs
années après, habiter dans le même immeuble
qu'elle.

Mon installation définitive dans ce quartier
date donc de l'aube des années quatre-vingt. À
l'époque où François Mitterrand venait de
battre Giscard d'Estaing aux élections prési-
dentielles, je décidai de divorcer et de partager
ma vie entre Paris et Bruxelles. Par une série de
hasards qui évidemment n'en sont pas, je me
retrouvai dans un petit appartement de l'avenue Reille situé à moins de cent mètres du
parc Montsouris, le parc de mon enfance :
habitant successivement au rez-de-chaussée,
puis au dernier étage. Ce qui ne devait être
qu'une halte transitoire devint un enracine-
ment profond. Après avoir, plusieurs fois par
mois, traversé au petit matin, ma valise à la
main, le parc Montsouris, en direction de la
station de métro du RER qui me conduirait à
la gare du Nord, direction Bruxelles, ou au
contraire, en venant de cette même station de

métro, dernière étape de mon trajet en provenance de la bruxelloise gare du Midi, je décidai que la mauvaise blague belge ayant assez duré il était largement temps que je m'occupe de vivre une vie digne de ce nom. Tout naturellement cela commença par une réinstallation dans un nouvel appartement de cette même avenue Reille : je descendis donc du dernier étage, en direction du premier, où un havre plus vaste, entièrement rénové et frisant les cinquante mètres carrés, m'attendait.

Toute nouvelle vie commence par des résolutions, des serments, des projets. L'un d'entre eux me ramena à mes années d'adolescence. Ancien sportif de haut niveau qui ne courait plus, je décidai, sinon de rechausser les Adidas à pointes, du moins de m'acheter une bonne paire de baskets, légères, et d'entamer quotidiennement plusieurs tours de parc. Je recommande à quiconque est désespéré de la vie de courir chaque matin, quand le parc est vide, que la chaleur de la nuit y a laissé des senteurs exemptes de vapeurs d'essence, ou au contraire que la froidure matutinale y est encore présente. Il faut parcourir plusieurs fois le kilomètre et demi du parc Montsouris dans le sens contraire des aiguilles d'une montre. Commencer par la montée qui mène, en deux paliers, jusqu'à l'entrée donnant à l'angle de la rue

Émile-Deutsch-de-la-Meurthe; poursuivre, lentement, sur le faux plat qui longe le boulevard
Jourdan, passer devant l'ancienne mire de
l'observatoire posée en 1806 (le nom de Napoléon a été effacé), puis devant la pyramide
élevée aux membres de la mission Flatters,
chargée des études du transsaharien, et massa-
crée par les Touaregs en 1881; descendre dou-
cement, sans se laisser entraîner par sa vitesse,
l'avenue de la Tunisie, et cela jusqu'à l'angle
avec le bas de la rue Gazan, après être passé
devant les tables couvertes de nappes beiges du
restaurant dit du Pavillon Montsouris, et le
plan d'eau où des mouettes s'installent le frais
automne venu; enfin, contournant l'extérieur
du massif de fleurs rouges, entamer la montée
qui passe devant la maison illuminée du Gui-
gnol, sous le pont de fer d'un RER emprunté
parfois par Michel Tournier lorsqu'il délaisse
son presbytère pour le Blanc de Blanc de chez
Drouant; et rejoindre l'entrée du parc, située
au croisement de l'avenue Reille et de l'avenue
René-Coty. Au fil des tours, une allégresse
énigmatique s'installe, une aisance, un bonheur d'être au monde. On respire de mieux
en mieux, les muscles sont de plus en plus
souples. On éprouve nettement la sensation
sinon de voler, du moins, par instants fugaces,
de léviter. Ne jamais forcer, laisser l'aisance

s'installer, trouver le point exact où le souffle est en accord parfait avec les foulées, alors une étrange sensation s'installe : celle de croire qu'il est ainsi possible de courir toute sa vie, dans ce parc du bonheur dont l'édification commença pourtant par un drame. Le jour de son inauguration par Napoléon III, le lac se vida de façon imprévisible. Désespéré, honteux, l'entrepreneur qui l'avait construit se suicida.

J'ai vécu plus de dix ans avenue Reille, effectuant chaque matin le pèlerinage des tours de piste accompli parfois sous une pluie glacée ou sous la neige. Rien ne pouvait m'arrêter. Les jours sans parc m'étaient pesants. Sans doute aussi parce que, indépendamment de la nécessité physique, physiologique, j'y retrouvais le souvenir de ces jours d'enfance où nous venions de la rue Maurice-Ripoche ; ou ceux de ma mère échappant aux détectives privés cachés derrière leurs lunettes noires et leur exemplaire du *Figaro* dépliés comme dans un Tintin ; ou ceux d'un certain matin d'avril où je retrouvai la femme de ma vie sur un banc sur lequel nous déjeunâmes de charcuterie et de cerises arrosées d'un *vino verde* pétillant rapporté le jour même d'un voyage à Lisbonne ; ou ceux de ma fille, frêle danseuse fragile et translucide, venant me voir le temps de vacances toujours trop courtes, durant lesquelles elle se balançait, légère, dans les balançoires du parc, serrant, entre ses petites cuisses, les selles de bois multicolore de chevaux de manège hérités du XIXe siècle, chevaux d'origine dont il était dit qu'ils étaient non seulement ludiques mais «hygiéniques et gymniques»!

Je ne sais pas quelles sont les raisons profondes qui vous font aimer un quartier plus qu'un autre, ni pourquoi vous vous dites que vous ne vous voyez pas vivre ailleurs que dans celui que vous avez élu. J'ai passé une partie de ma vie à déménager, de villes, d'arrondissements, d'écoles, à perdre mes amis, mes repères, à ne plus avoir de centre où me retrouver. À perdre ma langue, mon histoire personnelle, à me chercher une patrie dans le silence et la solitude; à tenter de constituer dans les livres, lus et écrits, à, disait mon père, «essayer de recoller les morceaux». Ma famille italienne a connu l'exil, et cet exil est toujours ancré en moi. Et sans doute, de façon inconsciente, transversale, leur premier jour passé en France, à tous ces Pezza et ces Roero expulsés de leur territoire d'enfance. Nous n'en avons jamais parlé entre nous, de ce premier jour durant lequel ils ont dû, c'est évident, se demander: qu'étions-nous avant? Que sommes-nous devenus après? Que reste-t-il de cette journée particulière? Beaucoup de sentiments ambigus sans doute, de ce

« … ou ceux de ma fille, frêle danseuse fragile et translucide,
venant me voir le temps de vacances toujours trop courtes,
durant lesquelles elle se balançait, légère,
dans les balançoires du parc… »

jour passé sur un quai désert, en rase campagne, dans le hall d'une gare. J'ai le sentiment que ce premier jour n'appartient pas à la mémoire mais au corps, et qu'à travers leur corps, tous ces Pezza et ces Roero l'ont transmis au mien, l'ont fait passer dans mes veines, ce cholestérol de la patrie volée.

Me promenant dans le parallélogramme Montparnasse, je me demande si le passé doit être ou non haïssable. Malheureux, il nous attriste ; heureux, il nous plonge dans des nostalgies sans courage. Tel consommateur de la Closerie des Lilas, avec lequel j'entame une conversation au sujet du bar en acajou de Cuba et flanqué de tonnelles, qui devait au XIXe siècle retirer au bal Bullier établi en face une partie de sa clientèle, me fait réfléchir sur la densité de la mémoire relayée par l'Histoire. Telle étudiante, croisée à la terrasse de la Rotonde, me rappelle l'existence de ces êtres qui ne réussissent qu'à tromper eux-mêmes et ne savent aller que les larmes aux yeux. Tel clochard, que je croise depuis des années, et dont le parcours est toujours le même, immuable – pelouse de la Cité universitaire, parc Montsouris, avenue René-Coty, boulevard Raspail où il se perd dans la circulation, alors qu'il passe à l'ombre du lion de bronze de la place Denfert-Rochereau –, me paraît être toujours ce clown triste chassé de sa propre histoire, étrange Buster Keaton qui trimbale ses blessures, anti-héros tendre et solitaire dont la devise semble être : ne rien créer qui ne soit sa propre vie.

Quand je me promenais, enfant, dans les rues du 14e arrondissement – entre la rue Boulard et la rue Daguerre –, j'avais le sentiment que le livre de ma vie allait déboucher sur une immense solitude. Arrêté à la frontière du monde adulte, je me demandais comment la franchir, comme un personnage de roman qui chercherait le bonheur avec d'autant plus d'acharnement qu'il se sent incapable de l'atteindre. Je me souviens du Paris des années 68, quand nous nous réunissions rue Hallé, dans ce 14e arrondissement encore industrieux et presque banlieusard, où nous sentions encore un peu de cet entre-deux-guerres authentique et populaire qui avait tant attiré la bohème artistique et littéraire de l'époque. Les grandes opérations immobilières n'avaient pas encore défiguré ce quartier qui conservait par endroits un charme quasi campagnard, et que nous pouvons, aujourd'hui encore, retrouver, par éclats et bribes, lors de promenades dans les ruelles autour des réservoirs de Montsouris ou tout au long des petites impasses qui bordent le parc… Eh bien, dans ce Paris-là qui n'est plus, nous avions une tendance coupable à confondre les dates et les lieux, à mêler le vrai et le faux, sans doute parce que l'absurdité de la vie y éclatait au grand jour. Nos vies, alors, étaient, pour reprendre le titre d'un roman d'Alfredo Bryce Echenique, des *vidas exageradas* – des «vies exagérées». Parce que la persistance du souvenir qu'elles allaient entraîner et son évocation conduiraient à un inévitable chaos. Le lien qui me relie à ce quartier m'apparaît comme un monde récurrent, dans sa cruauté et sa tendresse. Un drôle de monde obsessionnel où je m'invente une vie à laquelle je finis par croire, vivant mes fantasmes et imaginant que le rire peut guérir les maux de la vie. À chaque pas effectué dans ce quartier, nouveau maillon de mon autobiographie perpétuelle, j'écris un guide triste à usage interne, un faux éloge de la nostalgie, ce deuil du bonheur.

Cela fait plus de soixante ans que Montparnasse n'est plus le centre mondial des arts, et ma marraine Nora Le Las ne risquerait pas aujourd'hui de participer à un bal masqué. Depuis l'aménagement, dans les années soixante, du secteur Maine-Montparnasse, des dizaines d'ateliers ont disparu, quant à la bourse des modèles qui se tenait chaque lundi matin devant l'académie de la Grande-Chaumière, elle a cédé la place à des restaurants branchés et à des magasins de vêtements à la mode. Mais cependant, il est encore possible de trouver ici ou là quelques marchands de couleurs, encadreurs et autres petites artisans spécialisés, voire des ateliers qui ajoutent à ce quartier parallélogramme quantité d'agré- ments. Montparnasse n'est rien, à mes yeux, sans son prolongement inattendu que constitue cette ville dans la ville : la Cité universitaire, plus connue sous le nom abrégé de « Cité U ». Créée dans les années vingt, par des bienfai- teurs du monde entier, elle symbolisait, n'en doutons pas, la paix et l'entente entre les nations, si nécessaire après la tuerie de la guerre de 14-18. L'on sait ce qu'il en advint. Le guides touristiques rappellent que parmi les trente- sept résidences, chacune construite dans un style architectural différent, deux sont dues à l'architecte Le Corbusier : la Maison de la Suisse et la Maison franco-brésilienne. Force est de constater qu'à présent l'ensemble, où vivent encore plus de six mille étudiants, sur un terrain de plus de quarante hectares, tombe en ruine.

J'ai toujours pensé que les maisons comme les lieux emmagasinaient au fil des ans la mémoire des siècles accumulés, des événe- ments qui y avaient eu lieu, des milliers d'êtres

qui avaient foulé de leurs pieds ces espaces se
modifiant sans cesse au travers des siècles. La
Cité universitaire, construite sur un terrain
libéré par la démolition des anciennes fortifica-
tions, est là pour nous rappeler que toute cette
zone de la frontière parisienne était une vaste
carrière à ciel ouvert dans laquelle, dès l'aube,
de gros fardiers à deux et quatre roues venus de
la barrière Saint-Jacques et de la barrière de la
Santé, près de la rue de la Tombe-Issoire,
commençaient leur lente rotation. Mon parallélogramme Montparnasse ne peut oublier cela,
toute cette vie passée, tous ces fantômes qu'il
est facile de croiser la nuit lorsqu'on décide de
se promener dans ces régions du monde dès
lors qu'on accepte de jouer avec la chronologie,
dès lors qu'on accepte les voyages dans le futur
du passé. Alors, il est facile de se perdre dans
cette carrière inexploitée qui fut longtemps
transformée en ménagerie de bêtes féroces,
d'en examiner les grosses pierres calcaires
composées de l'agglomération de milliers de
coquilles à base de carbonate de chaux, de
toutes formes et de toutes grosseurs, déposées
par les mers dans lesquelles se baignaient des
dinosaures. Écoutez, regardez. Postez-vous sur
la frontière de Montsouris et de Montrouge.
Dès avant l'aurore, le bruit des souliers ferrés
des travailleurs se dirigeant vers la plaine frappe

le sol ; les longues files de chevaux géants cou-
verts de harnais font résonner les larges pavés
des rues ; les carriers bruyants marchent d'un
pas rapide vers leur lieu de travail, emportant
sur leurs épaules le pochet garni de vivres et le
lourd marteau émoussé par la besogne. Vous
êtes dans une autre histoire, dans un autre
temps, et pourtant toujours dans l'aujourd'hui.
L'Auberge du Cheval Blanc, route d'Orléans, a
déjà ouvert ses portes, on y sert un petit vin
blanc et du rouge épais. Ce n'est pas la seule.
Près des barrières, des beuglants tapageurs et
des bastringues orageux, des établissements
bruyants et des bals excentriques ont élu domicile. Ils s'étalent, très largement, du cimetière
du Montparnasse à Montrouge. L'un d'entre
eux, dit de la Mère aux Chiens, porte un écriteau destiné à mettre les consommateurs à
l'aise : *On est mieux ici qu'en face !* C'est le
moment de le rappeler : savez-vous que lors de
l'épidémie de choléra, en 1832, des centaines,
des milliers de corps furent ensevelis, enfouis,
sans méthode, dans ces anciennes carrières, à
plus de trois cents mètres de profondeur. Vous
marchez dessus. Ils sont là, à quelques mètres
sous la terre, tous ces cadavres, tous ces morts.
Nos maisons, nos immeubles sont construits
sur cela, et sur les carrières creuses.

« Ils sont là à quelques mètres sous la terre, tous ces cadavres,
tous ces morts. Nos maisons, nos immeubles sont construits
sur cela, et sur les carrières creuses. »

Revenons au passé du quartier. Les guinguettes et les bals montrougiens, particulièrement ceux du quartier constitué par la rue de la
Gaîté et ses abords, regorgent d'orchestres aux
cuivres tonitruants. Au bal des Mille-Colonnes,
on pratique une chorégraphie audacieuse qui a
fait dénommer la maison « bal des gigoteuses » ;
au restaurant de la Californie, et par sûreté à
l'égard de la clientèle, les assiettes et les gobe-
lets sont solidement fixés avec des chaînes ; au
caveau du Lapin Sauté, on unit le culte du vin
au culte de l'esprit, la gastronomie à la lyre.
Descendons vers Montsouris. Vous êtes toujours là ? Vous vous promenez dans le temps à
mes côtés. Le hameau Montsouris fut longtemps un quartier mal famé dénommé « Plateau
de misère ». La jeunesse du lieu et celle du
Quartier latin – carriers, maraîchers, meuniers,
modistes, étudiants – fréquentait assidûment les
guinguettes et autres lieux de plaisir de Montrouge et de Montsouris. Ce passage par le
passé n'est pas une vue de l'esprit. Vous vous
souvenez de la rue Maurice-Ripoche, la rue
dont les pavés furent foulés par les surréalistes
allant rejoindre Marcel Duhamel au 54 de la rue
du Château, la rue des sœurs Vatard de Huys-
mans, la rue de l'aviateur, enfin, qui donne son
nom à l'ancienne rue du « Géorama » : eh bien,
ce « Géorama » fut l'une des attractions les plus

prisées du hameau Montsouris. De quoi s'agit-il ? Imaginez un tableau peint sur la surface intérieure d'une sphère creuse et transparente. Dans un premier temps, on introduit le spectateur au centre de cette sphère, de telle sorte qu'il voit se dérouler toute l'étendue du globe terrestre. Dans un second temps, lorsque l'appareil a subi plusieurs perfectionnements, on lui adjoint d'ingénieux artifices d'optique donnant aux terres et aux mers l'aspect qu'elles ont dans la nature.

J'aime assez cette image de l'illusion. Mon Montparnasse tient un peu de ce géorama. Nous pourrions l'appeler le « théâtre du Montparnasse », sans référence aucune à ce lieu qui a vraiment existé puisqu'il fut créé sous la Restauration et exploité par un certain sieur Sevestre. À notre théâtre du Montparnasse, il est de bon ton de venir en famille et en négligé, comme au cabaret ou à la guinguette, et de s'y installer au poulailler. On peut y prendre un repas, certes sommaire, mais gentiment arrosé de petit bleu. De ce perchoir, on peut lancer sur les « bourgeois » du balcon et ceux du parterre des reliefs, os ou épluchures. Poursuivons… La chute et le jet de ces détritus, des galeries supérieures au parterre, troublent la jouissance mélodramatique. Il s'ensuit des altercations, des heurts, des rixes, des interpellations aux acteurs. Et

tout se termine dans une immense bagarre géné-
rale avant que le calme ne revienne. Le rêve
éveillé est terminé. Le tramway est là, prêt à
partir sur son tapis de gazon vert, pour recréer,
affirment les verts experts, «un espace de vie
partagé». En réalité, une nouvelle barrière qui
ceinture Paris.

C'est le matin. La fête est finie. Dans le loin-
tain, la tour Montparnasse a la tête dans la
brume. Il fait sombre. Un ciel d'un beau gris
souris est sur Paris. J'ai chaussé mes baskets. La
montée longeant la rue Deutsch-de-la-Meurthe
m'attend. Dès les premières foulées le bonheur
de Montparnasse m'envahit, ma marraine est
au seuil du faux plat, lisant un numéro de *La
Mode du jour*, elle me sourit, et me répète ce
qu'elle m'a dit un matin peu de temps avant de
mourir : «La course à pied, chez toi, n'est pas
une corde à ton arc, mais une manière d'être.»
Je pars au petit trot. L'atmosphère est char-
mante et fraîche. Le passé de Montparnasse
recouvre mon rêve de Montparnasse. J'allonge
ma foulée. J'éprouve des émotions multiples,
profondes, et pour rien au monde je ne voudrais
les échanger contre la vie entière d'un roi pacifique et sybarite.

DANIEL MAXIMIN

Une voix sous berges
(Au canal Saint-Martin)

c'est lui
qu'après minuit la pelleteuse
des phrases assoiffées de sens
excave entièrement

PAUL CELAN

Ton siècle avait deux ans. Toi, tu as eu dès le départ un destin calibré : *l'onde qui fuit, par l'onde incessamment suivie…* prisonnier d'une tranchée. Avec ta discrétion silencieuse de travailleur mâle fondu dans la brume du matin, marchant droit vers ton utilité, en bordure d'ateliers, d'usines et d'entrepôts, blanchi aux sables et aux moulins, noirci de fours et de charbon. Sur le dos de tes eaux, on t'a fait colporter des lourdeurs de farines, de sucres, de barriques et de matériaux. Transitaire de péniches harassées de flottaison basse, traînées en laisse comme des bœufs lourds, ce que le négoce a inventé de plus adéquat pour manifester sa haine de la grâce et du superflu, sa confiance petite en la pesanteur, sa laideur satisfaite de l'utile et du bien rempli. Transporteur de vivres en lieu de soif de vivre, tu savais

dès l'origine que tu n'aurais pas de destin
marin, d'écumes et de tempêtes, figé dedans
Paris comme un grand sexe raide couché sans
sentiments, docile à ton écoulement régulé
pour la dégustation des rassasiés, les sueurs éja-
culées en sucres, le blé battu léger pour les
faims riches de pains blancs. Et tu fus privé
même de pénétrer la Seine en sa féminité par
le préservatif d'une dernière écluse prise à la
Bastille à ton débouché vers son lit. Et d'Apol-
linaire à Toulet, une hiérarchie d'images éta-
lonne ta peine prosaïque venue après sa joie : *sous le pont Mirabeau coule la Seine / et nos
amours...* qui se traduit pour toi : *Sur le canal
Saint-Martin glisse / lisse et peinte comme un joujou / une péniche en acajou.* Sans la taille requise
pour le tragique ou le romantique, tu n'as pas
droit au sérieux des crues et des débordements.

Tu n'es d'ailleurs pas de naissance un Parisien. Cadeau de Noël grandiose qu'a voulu
faire l'Empereur aux Parisiens : *donnez-leur de
l'eau,* avait suggéré Chaptal ! Grenier à eau
pour éteindre les soifs en rébellion, exhiber un
jaillissement de fontaines publiques en superflu
offert aux yeux nécessiteux. Puis tu es devenu
le raccourci commode pour s'économiser les
détours de la Seine, la capricieuse qui s'est
offerte une capitale docile au ralenti de ses
méandres, la féminine qui se décore d'un pal-

marès de monuments et de poèmes, *et se la coule douce, et s'en va vers la mer, en passant comme un rêve...* Paris ne t'a naturalisé qu'en fin de siècle, après avoir colonisé ta Villette natale saoulée de vin guinguet, à l'époque du naturalisme, la *littérature putride* que Zola l'émigré encore italien avait conçue en surveillant aux douanes le trafic de tes docks.

Ton tracé côtoie les gares des deux points cardinaux qui ne font pas rêver : un *Nord* et un *Est* trop lourds de souvenirs d'envahisseurs et de déports aux camps, si loin des envies de grand large vers l'océan de l'*Ouest* et le *Sud* des mers chaudes dont les effluves remontaient jadis jusqu'à tes berges via l'odeur des denrées importées. Tu as pour horizon deux fausses montagnes aussi artificielles que toi : le Sacré-Cœur, dressé en rappel de punition divine, et les Buttes-Chaumont, invention d'arbres rebelles dans un subterfuge bétonné de sentiers et de grottes au naturel calculé pour suppléer la nature, imitant même sa sauvagerie.

Quant à ta profondeur, même le métro s'est fait aérien pour t'accueillir à Jaurès et te quitter à Bastille. Pas question de vous croiser sous terre, car les trois mètres trop chiches de ton enfoncement ne te donnent pas accès aux mystères de Paris. Tu ne connais guère de mendiants folkloriques sous tes berges et tes ponts, et tu laisses au

Pont-Neuf les clichés de clochards et les postures d'amants.

Au final du trajet, au sortir du tunnel, illuminé par l'an 2000 d'un arc-en-ciel japonais, la statue de Frédérick Lemaître t'érige encore en artifice de théâtralité. On le dirait prêt à traverser la place en Figaro ou Dom Juan pour chanter à l'Opéra-Bastille l'amour et /ou /sans / le mariage…

Enfin, en guise d'Arc de Triomphe, on t'a offert la colonne de Juillet, tombeau de rebelles inconnus de 1830 et 1848, côtoyant un lot oublié de momies rapportées de la campagne d'Égypte qui n'avaient pas trouvé leur obélisque.

Tu n'as donc pas fait rêver tes premiers romanciers : *Le canal Saint-Martin, fermé par les deux écluses, étalait en ligne droite son eau couleur d'encre. Il y avait au milieu un bateau plein de bois, et sur la berge deux rangs de barriques.* Fallait-il que Flaubert ait mieux à faire avec ses deux héros de bureau qu'à s'attarder à ton décor, pour débuter un chef-d'œuvre en cachant à tel point sa passion d'écrire derrière la froideur clinique de sa description.

Balzac, lui, toujours pressé de prospecter l'utile, a trouvé matière à intrigue sitôt ta gestation : *Au commencement de l'année 1803, le canal*

Saint-Martin fut décidé. Les terrains situés dans le faubourg du Temple arrivèrent à des prix fous. Le projet coupa précisément en deux la propriété de du Tillet, autrefois celle de César Birotteau. Puis à ta naissance, il a nourri ses personnages à la table de ton décor : *vous apercevez la longue nappe blanche du canal Saint-Martin, encadré de pierres rougeâtres, paré de ses tilleuls, bordé par les constructions vraiment romaines des greniers d'abondance.*

Aussi, les noyades romantiques n'étaient pas pour ton eau. Les suicides ou les sauvetages de cinéma ne se jettent que dans la Seine, de Renoir à Truffaut. On ne se jetait pas dans le canal : on y était balancé, assassiné le soir, repêché au matin, cadavres de nuit en règlements de comptes à l'irrégulière entre morues et maquereaux, comme cent fois chez Simenon, ou solitudes d'amour discrètement asphyxiées, qui venaient rencontrer juste sous l'écluse des Morts un cimetière mérovingien et les très anciens pendus du gibet de Montfaucon.

La délinquance quittait alors les embuscades de grands chemins et de sous-bois de campagne pour s'installer en ville, et tu as hérité des bandes d'escarpes, d'apaches, de gouapes et de malfrats, quand il fut décidé de mettre sur le compte des pauvres la responsabilité de la misère urbaine, et de circonscrire la bassesse des puissants aux frontières des bas quartiers.

On t'a alors enfoui en fin de parcours pour tracer des boulevards élargis pour l'aisance de la troupe réprimant les jacqueries populaires, colporteurs d'émeutes offerts aujourd'hui aux défilés rituels République-Bastille, dans le souvenir canalisé des révoltes logiques : *où l'humanité grouille en ferments orageux.*

C'était seulement par la grâce de quelques hivers sibériens que tu avais pu naguère connaître quelque image de loisir et de fête avec les jeux de piste sur ton bassin gelé, pour tout un petit peuple de patineurs sans l'argent des patins, ravis d'une vacance gratuite en cadeau à Noël.

Tu n'as pas su impressionner les peintres, par absence de mouvements vifs de l'onde ni moirures de soleil levant, car tu coules si lentement qu'on dirait à la moindre brise que tu remontes ton courant. (Au mieux peux-tu être fier d'avoir accueilli un temps sur tes berges le Salon des Refusés. Ou d'avoir recelé quelques mois la *Joconde* volée au début du siècle par cet Italien qui voulait la renvoyer à son pays natal, bien enroulée dans une soupente donnant sur ton quai, et qu'il restitua après qu'il eut appris que Vinci l'avait bien peinte en France.)

Ta lenteur trop plane et ton eau décolorée ne t'ont servi à retenir que le fidèle Sisley, lui qui t'a rendu beau grâce à ton peu de ciels et ton peu d'eaux, sans nostalgie de bords de Marne, de berges d'Oise et de Fontainebleau. La rigueur de tes berges a encadré son souci de structure, sans laisser aucun flot outrepasser la toile. Par haine du commerce, il avait choisi d'illustrer la beauté cachée sous ton trafic, aux heures sans péniches et sans débit d'ouvriers accablés. Sa peinture t'a élu frère d'une lignée anglaise coutumière des demi-teintes et des soleils voilés, en cousin *tamisé* de Constable et Turner, loin des valeurs solaires et des tourbillonnements de ses frères français Renoir, Bazille et Monet. Le peintre irréaliste a eu un siècle d'avance sur ta réalité présente. Ses chefs-d'œuvre : *Vues* du canal, trônent pourtant loin de toi avec vue sur la Seine depuis la gare d'Orsay, ou alors seulement en posters dans les livings de standing avec vue imprenable sur ton bassin de la Villette, mais c'est ton paysage réel qui a rejoint sa vision, et colore aujourd'hui les dimanches piétonniers de reflets d'aquarelles et de loisirs sereins, sans spleen ni orages désirés.

Voilà un paysage selon ton goût ; un paysage fait avec la lumière et le minéral, et le liquide pour les réfléchir ! À son tour, le poète au grand cœur des *Tableaux parisiens* a peint les personnages de ton décor sans jamais cesser de tourner autour de ton image et de ton âme passante, malgré ses quarante déménagements pour fuir le lyrisme du Carrousel, les cafés des véfour, les levrettes bellâtres, l'aumône en fausse monnaie. Le commerce et l'industrie ont gagné le terrain, la nature n'est plus symbole de romantisme, les orages ne se sont pas levés pour la jouissance des bateaux ivres, la bourgeoisie classe ses idées reçues, relègue ses Goriot à hauteur de mansarde. La ville subit la loi des bourses et du marché, le beau envahi par la marchandise cherche refuge sur les quais du vieux Paris. On classe les monuments des quartiers déclassés.

Alors le minéral et les pavés, le gaz des réverbères et l'électricité intègrent la poétique pour éclairer les merveilleux nuages et les étoiles perdues. Le Paris des poètes résiste en les faisant dandys buveurs de quintessence, flâneurs indifférents à l'empire des rentiers. Tes berges entre deux eaux deviennent le meilleur décor de la mélancolie pour le passant-poète heurté de vers rêvés, trébuchant sur les mots, peignant les matins blêmes de rimes crépusculaires. Le

---

*« Tes berges entre deux eaux deviennent le meilleur décor
de la mélancolie pour le passant-poète heurté de vers rêvés... »*

Baudelaire parisien porté par l'horreur du domicile quitte les quais de Seine pour les lits hasardeux de tes berges de canal, du Marais du Temple rue Toudic et de la rue d'Angoulême au faubourg Saint-Denis. Pour finir par rêver à l'hôtel du Chemin-de-Fer-du-Nord : *aux ports de Rotterdam, de Batavia et de Tornéo*, chercheur de voie lactée au ras des voies ferrées. Il jette alors son encre au fond de ton spleen, pour décrire ta miséreuse muse citadine, la prostitution fraternitaire, les veuves pauvres, les chiens marron, les âmes flagellées de chagrins de ménage en guise de mal d'amour, les contagieux noyés dans ton Dixième entre deux cimetières et trois hospices, toute une humanité sœur de sa compassion, dont les pleurs salent ton eau et dont les sueurs fanées d'absinthe ne grimpent au ciel qu'à cheval sur l'ivresse enfumée.

Tu lui es resté longtemps fidèle, toujours prêt à cueillir ses cauchemars entre tes canaux assez noirs pour héberger le cortège de ses spectres, des bohémiennes et des chiffonniers de la nécessité. Comme aujourd'hui encore cette négresse amaigrie debout entre ses deux valises près de la gare de l'Est juste au coin du faubourg Saint-Martin, tremblante de folie douce entre départ et arrivée d'on ne sait quel cauchemar ferroviaire.

Le siècle de tes lumières, le vingtième, te célèbre enfin pour toi-même avec Léon-Paul Fargue : *Avec ses deux gares, vastes music-halls où l'on est à la fois acteur et spectateur, avec son canal glacé comme une feuille de tremble et si tendre aux infiniment petits de l'âme, il a toujours nourri de force et de tristesse mon cœur et mes pas. Il est bon d'avoir à la portée de l'œil une eau calme comme un potage de jade à la surface duquel cuisent des péniches, des passerelles aux courbes d'insectes amoureux, des quais robustes et désespérés, des fenêtres fermées sur des misères violentes.* Sous ta protection, le 10e arrondissement évolue et résiste pour rester à ton rythme et ta hauteur sous les yeux de Delteil qui *le sait des plus riches en prisons, en échappatoires, en plaisirs et en hôpitaux… il a l'intelligence de tourner ses grands yeux pleins de trouble vers l'horizon des fleuves, et vers l'horizon des chemins de fer.*

Tu es assez fier de côtoyer tes nouvelles rues, bien modestement tracées souvent entre deux barres d'immeubles. Tu n'as pas été bien servi au départ des dénominations, et, tout comme Paris a été encerclé d'une chaîne de maréchaux, tes quais ont été nommés de souvenirs de batailles, en remerciement à ton créateur impérial : Valmy et Jemmapes, deux batailles, et aussi Quai de Seine et Quai de Loire, comme pour encadrer ta modestie avec la gloire de deux fleuves sérieux. Mais il t'est resté les nouvelles voies surgies entre les grands ensembles, les allées, les passages discrets, quelques porches sans envergure, fausses places sans verdure ni bancs de repos.

Au vrai, tu serais plutôt fier du Panthéon de deuxième classe élevé au gré des dénominations de rues neuves de ton arrondissement, accueillant un délestage de résistants silencieux, d'oubliés de l'histoire et de *modestes indispensables* :

Rue Eugène-Varlin, grand relieur de métier et de conviction, le fusillé assis par excès de torture dont la montre noyée arrêtée à l'heure de la révolution fut repêchée rue Saint-Blaise sous une barricade de soleils dépavés érigée en théâtre par Armand Gatti, qui aura bien sûrement lui aussi une rue à sa démesure à ton Est parisien.

Place du Colonel-Fabien, résistant libérateur à la tête de sa Brigade de Paris, un envol de passion atterri bien trop jeune pour dénommer tout seul la place lourde du Parti sous la coupole de Niemeyer.

Rue du Commandant-Mortenol, qu'une grand-rue ne rappelle qu'en sa Guadeloupe natale, commandant héroïque de la défense aérienne de Paris et qui n'a droit ici qu'à une petite tranchée introuvable sous un porche au débouché de ton quai.

Rue de la Grange-aux-Belles avec sa première Maison des syndicats à défaut de palais pour leur Mutualité.

Place Dulcie-September, porteuse de la parole de Mandela bâillonné, avec sa grande petite place dans les cœurs du quartier près de son assassinat rue des Petites-Écuries.

Rue Hampâté-Bâ, d'Afrique indispensable, qui fut bien à l'écoute des trois souffles dans la voix de ton eau : celui qui l'imagine de loin, celui qui vient la contempler de la rive, et celui qui s'y jette pour s'y comprendre, et qui a su bien définir l'étrange destin de ton cours : *quand on te fuit, tu suis…*

Rue Albert-Camus, entre un quinconce d'immeubles, avec sa statue prise dans un malconfort comme sa vie à lui, discret compagnon de route de tes voisins libertaires. Son *Étranger* n'aimait guère Paris, à la peau trop blanche et aux murs trop noirs. Et son juge-pénitent, pris au jeu de *la chute* de ses quatre vérités, avoue se forcer à fréquenter tes berges : *le souffle des eaux moisies, l'odeur des feuilles mortes qui macèrent dans le canal et celle, funèbre, qui monte des péniches pleines de fleurs.* Rien qui puisse approcher l'intensité de ses mémoires d'outre-Seine : lorsque, en traversant le pont des Arts, il entend un grand rire surgi des eaux sans personne qui le porte, ou une autre fois le cri de noyade de la jeune femme en noir croisée en pleurs sur le Pont-Royal, qu'il n'avait pas su retenir, et dont l'écho le poursuivra jusqu'en pleine mer sur un navire transatlantique, plus à la mesure de sa conscience mauvaise que ton décor de péniches lentes en leur carcan d'écluses.

On trouve aussi fréquentant tes rives clan-destines l'armée des ombres libertaires sans pignons de rue, sans avenir d'avenues, dédai-gneux des impasses. Tous voisins familiers de tes berges, libertaires composant leurs libelles et gazettes dans ton quartier, anarchistes artistes répugnant à se fédérer sinon en bande à part, tellement indépendants qu'on oublie à présent que s'y sont rassemblés sous la protection de tes berges discrètes : Camus, Breton, Armand Robin, avec son écureuil en laisse sur sa moto, fuyant le plein jour des interdits qui ne font pas rêver. Joyeux, Léo Ferré : *seigneurs patentés de la nuit qui finissez tous vos spectacles au rideau des ponts de Paris.*

Et ton Brassens signant encore Géo Cédille, ours aux vers bien léchés arrivé en scooter au bord de ton canal pour te chanter dans *Le liber-taire : Le canal Saint-Martin qui rêvait à la Seine / Havre des assassins et des amants perdus.*

Parfois, à l'heure des solitudes, tu songes avec regret au poète déporté par refus d'échappatoire, corsaire-sanglot mort épuisé au moment juste de te revenir vivant, le veilleur de la rue de Flandres, si plein d'effronterie, qui ne pouvait pas dormir sans annoncer l'avenir, qui n'aurait pas dédaigné de promener ses femmes-impossibles de la rue du Grand-Cerf droit par Sébastopol pour atteindre les premiers croissants à la gare de l'Est, dégustés encore tièdes sur ton quai de Valmy. Poète irrémé-diable penché sans crainte pour son amour au-dessus de ton écluse, sachant que les sirènes n'existent qu'en décalcomanie, et que les assoiffés de justice ne se noient pas tandis que dort Paris. Et qui accueille aujourd'hui tout près de toi les chantefables des enfants d'HLM sur sa jolie place Robert-Desnos.

Tu fais rêver de fleuves comme la gare du Nord fait rêver de la mer au bout de la liberté. Mais les gares sont dures, elles ont un cœur de fer et de béton, elles ne distillent l'espoir qu'à l'aller, et les désillusions au retour. Tant de clandestins s'élancent gare du Nord vers l'Angleterre, en rêvant du passage secret sous le tunnel d'Eurostar, comme d'autres au Sénégal rêvent de canoter jusqu'aux Canaries malgré le prix malgré Gorée. Alors ceux dont l'espoir a reflué de Sangatte et du Calaisis ont trouvé un premier refuge au square Alban-Satragne, devant les Récollets. Un dortoir à ciel ouvert de matelas usagés ou de hamacs pendus aux arbres a d'abord recueilli les refoulés, nourris de soupe populaire, protégés des réseaux de passeurs par les collectifs bénévoles de soutien du 10e en maraudes vigilantes. Puis ils ont trouvé refuge sur tes berges sans discours ni manifestations comme si tes espaces laissés vides les attendaient. Un campement de tentes offertes a surgi dans l'hiver et la nuit, des hommes aux langues silencieuses, immigrés sans discours, des SDF sans revendication ont trouvé l'assignation à résidence dans le refuge de ta bonace. Un cantonnement d'étranges étrangers qui ne meurent pas de faim et qui ne mendient pas, nourris de la soupe populaire de la gare de l'Est, et qui reviennent lavés du pas tranquille de ceux qui rentrent à la maison, et rêvent même sans confort de la liberté que semblent offrir l'abondance et la modernité, l'asile des grandes villes d'avenir radieux télévisé. Aucun ne songe à se noyer, sans abri, sans papiers, mais pas sans rêves à souvenir. Entre Jaurès et l'écluse des Morts, juste au-dessous du foyer d'Emmaüs et de Saint-Joseph-Artisan qui accueillent depuis longtemps des misères plus anciennes. Et parfois un chant ou poème

« Un campement de tentes offertes a surgi dans l'hiver… »

se lève et fait entendre le sens secret de ton silence complice, comme ce verset de Bencheick en écho : *l'espoir du monde n'a pas de digue, la terreur a beau charrier ses ombres / nos corps soutiendront la rive...*

En fait, plus qu'au plein jour des toiles peintes, tu as été voué au noir et blanc de la photographie. Les méandres du jour conviennent à la peinture, mais c'est en arpentant émerveillé tes berges du soir que Brassaï avait renié sa vocation de peintre pour devenir photographe et affronter l'épreuve de la noirceur, prenant le temps de pose pour éclairer son style avec tes reflets : *la nuit n'est pas le négatif du jour, elle suggère et ne montre pas* : son postulat de photographe paraissait bien te convenir.

C'est alors que ton décor va te faire devenir un personnage de cinéma : *Une ville devient la nuit son propre décor, reconstitué en carton-pâte comme un studio.* Rien ne te convient plus que ce mot de Brassaï pour définir l'extraordinaire inversion de ton destin à partir du film *Hôtel du Nord*, qui aura suffi à donner une vocation de plaisance à ton trafic devenu non rentable, toi dont la disparition était programmée à l'heure où il était question d'*adapter Paris à l'automobile* des années soixante-dix, avec les voies sur berges emprisonnant la Seine et l'autoroute nord-sud qui devait suivre ton cours asséché de Villette à Bastille.

Hôtel du Nord s'est entièrement tourné dans l'artifice parfait d'un studio de cinéma, ensuite ton aménagement a copié le décor imaginé par Alexandre Trauner, émigré de Hongrie. Pour le construire, peut-être se souvint-il de l'impression première de Marina Tsvetaïeva, débarquée de Russie, provisoirement recluse dans ton environnement : *Le quartier où nous vivons est horrible – tout droit sorti du roman de boulevard* Les bas-fonds de Londres. *Un canal putride, un ciel invisible à cause des cheminées, suie continue et vacarme de même (les camions). Aucun lieu de promenade – pas le moindre buisson. Le premier parc est à quarante minutes à pied, par le froid qu'il fait impossible. Les promenades se déroulent donc le long du canal putrescent... Comme vous voyez, pas vraiment de quoi se réjouir.*

Son impression première correspond bien ici au paysage parfait pour cadrer un drame sur tes quais des brumes : mais en réalité tout le film se déroule comme si tu n'étais pas là : au lieu de te choisir pour une noyade commune, les amoureux transis te tournent le dos dans la chambre louée pour un dernier amour avec un revolver sans vouloir se mouiller. Puis Arletty et Jouvet dans la fameuse scène d'*atmosphère fatalitaire* qui les sépare irrémédiablement sur le pont de

l'écluse t'ignorent également. Et à la fin du film,
M. Edmond / Jouvet, marginal engoncé à la
démarche raide qui avoue s'*asphyxier* comme
toi entre tes berges, ignore lui aussi le recours
de ta noyade offerte, pour choisir de mourir loin
de ta vue abattu sur le lit de Renée, son impossible amour. À aucun moment ton décor ne
s'est fait personnage pour infléchir le cours de
leur destin. Pourquoi alors avoir choisi de te
reconstituer à Billancourt, sinon pour ta capa-
cité à te faire ignorer ? *Pas vraiment de quoi te
réjouir…*

Tu n'as d'ailleurs longtemps rien su de ton
clonage en cette fiction, qui est venue au final
du compte à ton secours, en transformant ta
réalité devenue inutile commercialement en
paysage copié du cinéma. Tu es devenu le décor
naturel très recherché des tournages d'après
Simenon, des séries télévisées soucieuses de
couleur locale pour le filmage d'exactions de
banlieue, et des traversées de Paris sous tes
voûtes de Bastille plus accessibles aux caméras
que les égouts de Seine et plus économiques
pour les petits budgets, avec tes péniches de
cinéma *lisses et peintes comme un joujou.*

En fait, bien plus que Louis Jouvet, Gabin,
présenté par Prévert en des termes qui convien-
draient à toi-même : *acteur tragique de Paris dans
la périphérie du film quotidien*, est un vrai fils de

tes rives où il choisit de mourir pour sa *dernière nuit*, le clandestin réfugié sous tes voûtes de *La traversée de Paris*, le sauveur de *La Belle Marinière*, nostalgique incapable d'oublier la gouaille de son *Paris-Béguin* dans ses exils lointains de *La Bandera* et de *Pépé le Moko*, ou dans les banlieues noires pas assez rouges pour que *le jour se lève*. À quoi s'ajoutent ses enquêtes en Maigret pour venger les noyés jetés à foison des romans de Simenon, encore plus nombreux que tes noyés réels : *rien de plus naturel que la découverte d'un corps dans le canal Saint-Martin*. D'ailleurs quand pour ton chômage tous les huit ans, on te vide, on te lave et te déleste des déchets et des morts superflus, on remonte un véritable inventaire à la Simenon : valises de faux billets, scooters et bicyclettes volés, schnouf razziée, grisbis touchés, clochards mendiants, cadavre sans tête, ex-beaux parleurs ou menteurs raccourcis.

Les bateaux-mouches de Paris-Canal et de Canauxrama, passant deux fois par jour devant l'Hôtel du Nord (dont on a conservé l'étroite façade juste pour y écrire le nom devant l'immeuble neuf dressé derrière, le seul graffiti classé monument historique !), éblouissent la mémoire des touristes-pèlerins avec les haut-parleurs qui diffusent les extraits des dialogues de Jeanson, et ravivent été comme hiver l'*atmosphère* noir et blanc coulée à ton destin :

Ma vie n'est pas une existence! – Si tu crois que mon existence est une vie! Avec entre les commentaires un pot-pourri mélancolique des vieux airs de Paris qui depuis un bon siècle t'ont toujours dédaigné. Et c'est ainsi que, de la première scène de la communion jusqu'à la fête finale du film, on t'a inventé un avenir radieux entre bal populaire et promenade bon enfant, qui te vaut aujourd'hui une gloire de coulée verte et un standing piétonnier.

Au vrai, le plus étonnant est que Flaubert et Balzac surent tous deux t'imaginer avec tant d'avenir à leurs yeux réalistes qui ne se faisaient pas de cinéma, que la réalité d'aujourd'hui a rejoint leur fiction : ainsi, pour la flânerie de *Bouvard et Pécuchet* : *Au-delà du canal, entre les maisons que séparent des chantiers le grand ciel pur se découpait en plaques d'outremer, et sous la réverbération du soleil, les façades blanches, les toits d'ardoises, les quais de granit éblouissaient. Une rumeur confuse montait du loin dans l'atmosphère tiède...* Et pour les rêves de *La femme de trente ans* : *Si le soleil jette ses flots de lumière sur cette face de Paris, s'il en épure, s'il en fluidifie les lignes ; s'il y allume quelques vitres, s'il en égaie les tuiles, embrase les croix dorées, blanchit les murs et transforme l'atmosphère en un voile de gaze ; s'il crée de riches contrastes avec les ombres fantastiques ; si le*

*ciel est d'azur et la terre frémissante, si les cloches
parlent, alors de là vous admirerez une de ces féeries
éloquentes que l'imagination n'oublie jamais, dont
vous serez idolâtre, affolé comme d'un merveilleux
aspect de Naples, de Stamboul ou des Florides.* Il
n'y a rien à changer si l'on veut rendre compte
de la métamorphose qui te fait correspondre
aujourd'hui en tous points de la Villette à
l'Arsenal, à leur vision de ton avenir touristique
avec des si, entre les reflets argentés de la
Géode, les rouges vifs des *Folies*, les jardins sus-
pendus des immeubles de standing, ton allure
de décor de Trauner entre tes deux nouveaux
grands cinémas, tes passerelles vénitiennes
jetées en dentelles jusqu'au port de plaisance
au milieu des jardins de l'Arsenal. Il a fallu un
siècle pour que Paris te considère enfin digne
de ses déclarations d'amour en cinémascope et
technicolor sur les façades des MK2, en graffi-
tis énormes pour que tu puisses les lire le long
de la *Promenade Signoret-Montand* : Gabin dirait
à Karina : *t'as de beaux yeux tu sais*, et Morgan
répondrait : *est-ce que tu aimes mes seins* ; avec la
candeur maligne d'Amélie Poulain : *Sinéma, les
anges sont avec toi.* Depuis lors, toute une population de studieux étrangers, grands connais-
seurs du cinéma et du roman français, font
escale à l'auberge de jeunesse voisine, l'Hostel
Peace and Love à Jaurès, découvrent en

débraillé l'avant-garde branchée de musiques et
d'arts visuels au Point Éphémère, les rythmes
métissés de l'Opus Café et de la Pointe La
Fayette, et s'endimanchent un soir en chemises
blanches et en robes noires décolletées pour
célébrer en anglais la nostalgie française en
s'offrant une soirée à la brasserie de l'Hôtel du
Nord, et fêter leurs achats de parures colorées
de Stella Cadente et d'Antoine et Lili.

Nulle harmonie ne manque à ton concert : tu sais
faire silence pour accompagner en plein air de
la Villette à la Bastille les belles rumeurs
confuses des peuples musiciens : de chorales en
concerts, d'Ateliers du Chaudron en Arts de la
rue, jusqu'à l'écho des Musiques bellevilloises,
ton eau se ralentit pour diffuser l'écho venu de
la Grande Halle des vieux chanteurs cubains,
du compas haïtien, du zouk antillais au Tra-
bendo et au Cabaret Sauvage, des danses orien-
tales, les biguines réflexions et le gwo-ka, le, les
slam-sessions du Café Valmy, le chant dansé de
Saporta, et la *great black music* du festival de
jazz, et encore au Zénith le rock et le reggae et
le rap du nouveau siècle. Et parfois sous tes
ponts plus calmes, un saxophone ou une trom-
pette bouchée répètent les brouillons des solos
à venir.

Comme ton eau n'a pas d'âge, tu ne connais pas la nostalgie, tu distilles aussi bien les vagues alternées des avant-gardes, les *apéros-canal*, les *lyonnaiseries* annuelles des Parigones, les chorales populaires, les cours de danses et de musiques du monde à la Maison des associations du Point P, les cent chorales des *Voix sur berges* au Printemps des rues, le théâtre d'enfance à l'Espace Château-Landon, la mémoire des guinguettes de la Marne auxquelles tes bords n'on jamais eu droit, les vide-greniers et les brocantes éphémères, sans droit à la pérennité des bouquinistes enchaînés à la Seine.

Tu es devenu parisien sans secours de Paris, qui n'avait pas prévu ce que tu es devenu, et ta ville est devenue amoureuse de toi. On t'a inscrit à l'Inventaire des sites pittoresques, avec un accessit au Patrimoine de l'humanité. Ni monument ni historique, tu témoignes plutôt de ce qu'il peut y avoir d'humanité préservée d'*un héritage sans testament*, aux yeux des Parisiens au cœur encore bohème qui saucissonnent sur tes berges avec l'argent du beurre, assis sur tes pavés sans plage ni révolte, rassurés par ton eau apparemment dormante qui ne saurait songer à noyer leurs avenirs, qui se donnent rendez-vous sur tes berges aux soirs de belle saison pour un pique-nique quai de Valmy, un verre devant

« … rendez-vous sur tes berges aux soirs de belle saison
pour un pique-nique quai de Valmy, un verre devant chez Prune… »

chez Prune ou un dîner en terrasse aux restaurants du quai de Valmy, de Poil-deux-carottes au Chaland.

À présent les seules manifs qui suivent ton cours sont ces promenades des vendredis soir de centaines de rollers qui se laissent descendre de la Villette à Bastille, un grondement pacifique sagement orchestré entre la police en patins et le Samu pour les bobos.

Mais *Les Périphériques vous parlent* entretiennent la flamme des révoltes logiques en dégustant des vins rares au Verre Volé. L'Île Lettrée et Litote en tête placent poésie et fictions rares en vitrines de leurs librairies. Et encore aujourd'hui les poètes de ton groupe *Canal Marches* restent fidèles aux mots qui réveillent, comme la *Réfraction* de la surréaliste Massoni contre *le marché des produits de consolation,* et pour *des chemins réinventés, des places redevenues publiques, le printemps en hiver au passage du désir, le retour du possible, les jeux de mots aux étoiles au-dessus du canal Saint-Martin dans la griserie d'un soi.*

C'est la leçon de Fargue, *le piéton de Paris,* au tout jeune Sabatier encore typographe, ton voisin toujours aussi fidèle aujourd'hui à ta fidélité, qui venait lire dans le petit square Varlin les sacs de livres empruntés à la bibliothèque de la mairie, et avait bien noté sur le petit carnet

venu de l'usine Clairefontaine-Exacompta de ton quai de Jemmapes, cette idée qui te ressemble, modeste indispensable : *que l'important soit dans ton regard, non dans la chose regardée.*

« *Au commencement de l'année 1803, le canal Saint-Martin fut décidé.* »

Liste des illustrations